Dieses Geschichtenbuch ist all jenen gewidmet, die beherzt ihren Alltag in die Hand nehmen und versuchen, unsere Welt ein kleines Stückchen besser zu machen.

Anja Ziegler

Dr. Gamber sucht die Liebe

18 Kurzgeschichten über Stehauf-Menschen

Bibliografische Information der Deutschen Nationalbibliothek:
Die Deutsche Nationalbibliothek verzeichnet diese Publikation
in der Deutschen Nationalbibliografie; detaillierte bibliografische
Daten sind im Internet über dnb.dnb.de abrufbar.

*Die automatisierte Analyse des Werkes, um daraus Informationen
insbesondere über Muster, Trends und Korrelationen gemäß §44b UrhG
(»Text und Data Mining«) zu gewinnen, ist untersagt.*

© 2025 Anja Ziegler

www.autorin-anja-ziegler.jimdofree.com
Zeichnungen: Henrike Stüssel
Lektorat: Donata Schäfer (Texthüterin www.texthueterin.de)
Korrektorat: BoD
Satz und Cover: BoD

Verlag: BoD · Books on Demand GmbH, In de Tarpen 42,
22848 Norderstedt, bod@bod.de

Druck: Libri Plureos GmbH, Friedensallee 273,
22763 Hamburg

ISBN: 978-3-7693-6020-2

Inhalt

Der Kiosk	9
Dr. Gamber sucht die Liebe	19
Eislaufen	31
Insomnia	33
Flores murus	43
Tanzen	45
Grundsatzdiskussion	55
Ziegenkäse gefällig?	57
Stromausfall	69
Gentlemanlike	79
Regenschauer	83
Klarinettenkunst	87
Der Schwur	101
Warteraum	143
Sehnsuchtsort	145
Freitags	153
Traumjob	157
Nachts in der Bücherei	169

Liebe Leserinnen und Leser,

vielen Dank, dass Sie sich für meine Geschichten interessieren. Was dürfen Sie in diesem Buch erwarten? Es beinhaltet 17 Kurzgeschichten und eine längere, die inhaltlich völlig unterschiedlich sind. Dennoch haben alle Geschichten zweierlei gemeinsam. Zum einen wird in jeder etwas getauscht. Zum anderen handelt es sich bei allen Protagonisten und Protagonistinnen um »StehaufMenschen«. Egal in welcher Situation sie sich befinden oder was das Leben ihnen bringt, sie haben den Mut, nicht aufzugeben. Natürlich ist das nicht immer leicht, denn mit einer positiven Grundeinstellung alleine ist es oft nicht getan. Es braucht Mut, die Dinge verändern zu wollen, und Mut braucht Gelegenheit, um sich zu entfalten. Die Menschen in meinen Geschichten stehen für einen Querschnitt durch die Gesellschaft und der Themen. Manche Geschichten sind zum Schmunzeln, andere unterhaltsam und einige sind ernster Natur (Trauer, Verlust, Flucht, Burnout, sexueller Missbrauch in der Geschichte »Sehnsuchtsort«). Jedoch ist es mir ein Anliegen, auch bei den schwereren Themen zumindest einen versöhnlichen Ausgang aufzuzeigen. Es löst sich nicht alles in rosarotem Wohlgefallen auf. Wichtig ist mir, dass es einen Weg gibt, auch wenn dieser nicht schnurgerade und bequem verläuft.

Beim Schreiben der Geschichten war ich am Ende selbst ein wenig überrascht, dass meine Inhalte oft schwerer Natur sind. In meinem Alltag bewältige ich viele Situationen mit einer ordentlichen Portion Humor. Die Leichtigkeit scheint verflogen, was mit der derzeitigen aktuellen Lage der Welt zusammenhängt. Seit über zwei Jahren hat sich die Balance verändert. Unsere Träume von einer friedlichen Gesellschaft, die in der Lage ist, unterschiedliche Auffassungen, Lebensweisen und Probleme ohne Kriege zu lösen, sind definitiv geplatzt. Es ist regelrecht spürbar, wie sich diese Veränderung nicht nur in unserem Land, sondern auch darüber hinaus breitmacht. Deshalb ist Mut nötiger denn je, die Dinge in die Hand zu nehmen und für eine bessere Welt einzutreten.

In den 1970ern sang Rio Reiser mit seiner damaligen Band »Ton Steine Scherben«: »Der Traum ist aus, aber ich werde alles geben, dass er Wirklichkeit wird.« Recht hat er, auch nach so vielen Jahren noch.

Der Kiosk

Rotlackierte Fingernägel, die rechte Hand hält einen Kochlöffel, im rotgeschminkten Mundwinkel wippt unaufhörlich eine Zigarette und der linke Träger des Negligés hängt neckisch die Schulter runter. So war sie, wie sie leibte und lebte – meine Oma.

Die Küche war ihr Reich, der Herd ihr Werkzeug. Als kleines Kind dachte ich manches Mal, dass er wohl eigens für meine Oma erfunden worden sei. Erst in späteren Jahren wurde mir bewusst, wie viel meine Oma gekocht, gebrutzelt und gebacken hatte. Die unzähligen Gläser selbstgemachter Marmelade, die aus Platznot in den Wohnzimmerschrank gequetscht werden mussten. Dabei mochte ich sie damals noch gar nicht. Ich bevorzugte die extrem zuckerhaltige Gekaufte, eine Präferenz, die mir heute bitter leidtut. Aber man vermisst Dinge ja meistens erst dann, wenn sie nicht mehr zu haben sind. Die Soßen meiner Oma, heute würde man »Jus« dazu sagen, waren derart sensationell, dass ich mich selbst jetzt noch an den Geruch erinnere. Nirgends, nicht einmal in der Spitzengastronomie, habe ich seitdem diesen Geschmack auf der Zunge gehabt. Von meiner selbst gemachten ganz zu schweigen. Dabei habe ich alles probiert, Saucenseminare besucht, Wochenendkochkurse und sämtliche Tipps und Kniffe aus diversen Internetfilmchen oder bei TickTack nachgekocht. Nicht einmal in die Nähe bin ich damit gekommen.

Nun könnte man meinen, dass ich ein tolles Verhältnis zu meinen Großeltern gehabt hätte, insbesondere zur Oma. Weit gefehlt. Schlecht war es ebenfalls nicht, sie waren nun mal meine Großeltern. Eine Zeit lang, ich war wohl zehn Jahre alt, ging ich nach der Schule zu ihnen, weil meine Mutter manchmal ganztags arbeitete. Ich bekam, ohne es damals zu wissen und zu würdigen, das beste Mittagessen und danach »prüfte« mein Opa, ob ich wirklich Hausaufgaben machte. Das bedeutete, dass er sich mit einem Verdauungstrunk und seiner Zeitung neben mich setzte, mir einen Stift stibitzte und Kreuzworträtsel löste. Und er übte mit mir Diktat. In dieser Zeit hatte ich die meisten Nullfehlerdiktate meiner Schulkarriere. Apropos Verdauungstrunk: Verglichen mit der heutigen Zeit war der Umgang mit Alkohol und Zigaretten eher indifferent. Die Erwachsenen tranken ihren Wein oder ihr Bier gerne schon zum Mittagessen. Rauchen galt wahrscheinlich als gesund, weil man damit nicht so dick wurde. Heute betrete ich keine Raucherkneipe, weil mir der Gestank nach Nikotin Übelkeit verursacht und ich mir ständig eine Haarsträhne vor die Nase halten und mich aufregen muss. Es war eben nicht alles besser früher, aber manches entspannter.

Meine Großeltern wohnten in einer nordbadischen Großstadt, nahe am Zentrum. Vor allem in Sachen Essen, Trinken und Genießen war der Einfluss des nahe gelegenen Elsass deutlich spürbar. Manchmal ging ich mit meiner Oma auf den Wochenmarkt zum Einkaufen. Sie kannte alle Marktstände und Händler und alle kannten meine Oma. Ich weiß noch, wie stolz ich war, weil sie überall mit »Ah, do kummt wieder die Madam« begrüßt wurde. In meinen Augen machte sie das zu etwas Besonderem, vor allem wenn dann die Aufmerksamkeit mir galt, mit einem liebevollen: »Un des Enkelsche ist aach däbei.« Meistens sprang etwas für mich heraus, ein süßes Teilchen oder eines der kleinen Blumensträußchen, die ältere Frauen an zusammenklappbaren Holztischen verkauften. Ich liebte diese kleinen Sträuße und wollte immer einen für meine Mutter. Oma gab mir die paar Mark dafür, dass ich sie selbst kaufen und bezahlen konnte und in Zeitungspapier eingewickelt vor mir hertrug. Einmal brachte ein Mann seine Verwunderung darüber zum Ausdruck, dass diese ja, je nach Größe, bis zu fünf Mark kosteten. Die Blumenfrau reagierte

blitzschnell mit einem: »Binde Sie des mol für fünf Mark.«
Das war einer meiner ersten Berührungspunkte mit der sozialen Marktwirtschaft, im wahrsten Sinne des Wortes.

Manchmal setzten wir uns noch in das schöne große Marktcafé. Meine Oma trank, ganz Dame von Welt, ein Kännchen Kaffee, weil draußen ohnehin nur Kännchen serviert wurden, und einen Cognac, und ich bekam ein Eis oder eine Limonade, weil es die daheim nur selten gab. Niemals hätte sie mir Eis und Limo gleichzeitig gegeben, denn zum Eis durfte man damals noch nichts parallel trinken, wegen der großen Gefahr von »Würmern im Bauch«. Ehrlich, wer will das schon? Die bloße Vorstellung ist der Horror, glitschige, gefräßige Würmer, die böse geifernd in deinem Bauch dein halbverdautes Eis vertilgen. In jenen Tagen konnte man auch, sollte man leichtsinnigerweise nach dem Verzehr von Kirschen Milch getrunken haben, einfach so sterben. Dagegen waren der Kaffee und der Cognac viel gesünder. Meine Oma erzählte mir von früher, als die Märkte noch ganz anders waren. Nicht so schön mit bunten Marktständen und großen Schirmen, mit vielen Leuten, die sich nach dem Einkaufen im Marktcafé trafen. Und wenn meine Oma von früher erzählte, gab es die Einteilung »vor dem Krieg« und »nach dem Krieg«. Natürlich war mir noch nicht bewusst, was das bedeutete, und schon gar nicht, dass es zwei von diesen »Kriegen« gegeben hatte. Jedenfalls war dieser »Krieg« dafür verantwortlich, dass alles grauer, schmutziger, kaputter und schlimmer gewesen war. Bei Familientreffen unterhielten sich die Älteren immer in Floskeln wie »gute Butter« und manche sagten »Bohnenkaffee«. Darüber machte ich mir nie sonderlich viele Gedanken, nur das mit den Märkten weckte meine Neugierde. Ich fragte genauer nach. Und da meine Oma keinerlei pädagogische Ambitionen hatte und Kinder für kleine Erwachsene hielt, erfuhr ich sehr viel. Zum Beispiel, dass das Geld keinen interessierte, weil es keinen Wert besaß. Und dass es auf dem Markt nicht nur Obst, Wurst, Käse und Brot zu kaufen gab, sondern alles. Und zwar wirklich alles. Wäre ich nur ein wenig älter gewesen, hätte ich bestimmt mehr über die Dimension des »Alles« wissen wollen. »Mit was hat man denn bezahlt?« Das mit dem Geld konnte ich gar nicht glauben. »Mit Zigaretten«, sagte meine Oma trocken wie eh und je zwischen zwei Schlucken Kaffee und einem tiefen Zug aus derselben. Erwähnte ich eigentlich schon, dass sich regelmäßig der knallrote Lippenstift am Filter der Zigarette abpauste? Das machte aber nichts, denn während sie erzählte von Seidenstrümpfen und Kartoffelsäcken, von Medikamenten und Alkohol, von duftenden Seifen und Läuseshampoo, zückte sie irgendwann einen kleinen Taschenspiegel aus ihrer Handtasche und den Lippenstift und zeichnete sich, beim Weitererzählen wohlgemerkt, ihre Lippen nach. Zuerst die Unterlippe, dann wurde es einen Moment kurz still, weil sie beide Lippen aufeinanderpresste, um sich damit die Oberlippe zu tönen, bevor sie die oberen Konturen ausmalte. Kurzer prüfender Blick, noch die Löckchen nachgezogen, Spiegel zugeklappt, fertig. Mit dieser kleinen Schminkeinlage zog sie mich jedes Mal in den Bann. Dennoch blieb ich hartnäckig. »Wenn doch nach dem Krieg alles kaputt war, woher kamen bitte die Sachen?« »Irgendjemand hatte immer etwas, das andere nicht hatten, und das wurde auf dem Markt getauscht.« »Tauschen?«, ich war verblüfft. So einfach? In der Schule tauschten wir ständig, vor allem Stifte, Süßigkeiten, irgendwelche Klebebildchen, die man doppelt hatte, und allen möglichen Krimskrams. Aber dass die Erwachsenen das auch machten. Meine Oma hatte anscheinend Erfahrung damit, denn sie erklärte mir das System bis ins kleinste Detail. Ich erfuhr auch, dass diese Märkte »Schwarzmärkte« hießen, und sofort sah ich den zerbombten Marktplatz, den ich aus Bildern und Fernsehberichten kannte, und überall huschten dunkle Gestalten herum, mit langen schwarzen Mänteln, die voll mit Seidenstrümpfen, Uhren und Aspirin waren und eben Zigaretten. In meiner Fantasie fanden diese Märkte stets nachts statt, weil man da in Schwarz nicht so auffiel. Ich überlegte mir außerdem, ob ich freiwillig eine meiner Lieblingspuppen oder Bücher getauscht hätte, nur um ein paar Äpfel oder einen Laib Brot zu bekommen. Und als ich meiner Oma davon erzählte, meinte sie nur: »Wenn du Hunger hättest, also so richtig Hunger, dass der Magen schmerzt und dir schlecht ist, würdest du sogar deine Großmutter tauschen.« So war sie, meine Oma. Sie erklärte immer alles so anschaulich und dazu noch mit einem eigenartigen Sinn für Humor.

Nach einigen kleineren Einkäufen, die ich unter Omas Argusaugen auf dem Markt alleine tätigte, fand sie mich anscheinend kompetent genug, um die Dinge des täglichen Bedarfs in ihrem Stammkiosk zu erwerben, der sich am Ende ihrer Straße befand. Der Kiosk war ein Rundbau aus der Jugendstilzeit mit grünspanfarbenen, verschnörkelten Gittern vor den kleinen Fensterchen. Im Hintergrund befand sich ein Schulhof, der zu einer Uhland- oder Pestalozzischule gehörte und die Anwohner zur großen Pause mit ohrenbetäubendem Gekreische versorgte. Die Besitzerin, eine Frau Schneider, war so etwas wie eine Freundin von Oma. Man kannte sich seit Jahrzehnten und hatte eine solide Businessbasis aufgebaut, die ein wenig ins Private hineinging. Oma kaufte da nicht nur alles, was sie aus diversen Gründen im Supermarkt nicht kaufen wollte, sie bekam auch noch gratis und brühwarm erzählt, wer gestorben, wer wieder schwanger, wem die Frau davongelaufen war und dass der junge Karl wieder einmal sitzenblieb. Im Supermarkt hingegen gab es zwar mehr Auswahl, andererseits konnte man sicher sein, dass der Einkaufswageninhalt in Sekundenschnelle »registriert« wurde, falls man auf den ollen Schmied vom dritten Stock oder die Witwe Hauser vom Parterre traf. Deshalb war der Einkauf einiger Konsumgüter bei Frau Schneider am Kiosk einfach die »sicherere« Variante. Zum Beispiel kaufte Oma donnerstags immer die gesamte Neuauflage an »Gelben Blättchen«, die bekam Frau Schneider an diesem Tag in aller Frühe geliefert. Damit sich Oma beim Lesen nicht der Gefahr einer Dehydrierung aussetzte, erwarb sie gleich noch ein paar gute Tropfen von der »Gimmeldinger Meerspinne«, einmal rot und einmal weiß, und natürlich ihre Zigaretten, die, wie ich nun ja wusste, »nach dem Krieg« wie Geld waren. Obwohl damals Einkaufsnetze im Trend lagen, wurden diese Einkäufe in soliden dunklen Hängetaschen verstaut. Die waren robuster, wegen der Flaschen. Als ich die »Marktprüfung« meiner Oma quasi bestanden hatte, durfte ich das erste Mal allein einkaufen gehen – zu Frau Schneider an den Kiosk. Ich bekam einen Zettel, auf dem Dinge standen wie: »Das silberne Blatt«, »Bei Königs« oder »Das große Rätselheft – aktuell mit TV-Programm«, Hauswein rot, Hauswein weiß und zwei Packungen Zigaretten, die mit dem schönen Kapitän drauf. Oma gab mir das Geld abgezählt, denn Vertrauen war gut, aber man kennt das ja. Zur Belohnung durfte ich mir »etwas Kleines« aussuchen.

Mit einem Ernst, der mir dieser Situation angemessen schien, nahm ich die Tasche und schlenderte Richtung Kiosk. Stolz erfüllte mich, dass man mir zutraute, wichtige Arbeiten ganz alleine zu erledigen. Und auch wenn der Weg nur ein kurzer war, gab es allerhand zu sehen. Man traf Leute, die man grüßte, und die Grüße an die Großeltern ausrichteten, man sah in den Schulhof der mir unbekannten Schule, ich erblickte spielende Kinder auf der Straße (Auf-der-Straße-Spielen war damals kein Anzeichen von Vernachlässigung), die mich aber nicht interessierten, da ich ja nun, wenn auch nur kurz, Teil von etwas Großem und Wichtigem war. Ich kaufte ein. Stolz trat ich an das Kioskfenster, einer Art Durchreiche, hinter der Frau Schneider thronte, in ihrem Rücken ein enormes Sortiment an Waren. Ich grüßte, wie man mir aufgetragen hatte, richtete schöne Grüße aus und hörte den bekannten Spruch: »Aach, des Enkelsche vun den Friedel.« Meine Oma hieß Frieda. Sie las den Zettel, nickte wissend und packte mir alles sorgfältig in meine Tasche. Danach stand ich vor der Qual der Wahl. Ich liebte diese Muscheln, die mit Lollimasse gefüllt waren. Die Masse mochte ich nicht, die Muschel dagegen war ein großes Objekt meiner Begierde. Oder sollte ich den Schweinespeck nehmen, der nur so hieß, weil er aussah wie Schaumstoff in Schweinchenrosa? Der schmeckte nach Zucker und fluffig – ich hätte ihn pfundweise essen können. Was war begehrenswerter? Die Lollimuschel oder der rosa Kunstspeck? Ich entschied mich für den Speck und verabschiedete mich bei Frau Schneider, natürlich unter der Beteuerung, dass ich schöne Grüße ausrichten würde. Als ich mich umdrehte, stieß ich mit einem Jungen zusammen, den ich schon öfter auf dem Schulhof gesehen hatte. Er war größer als ich und trug eine runde Brille, was eigentlich nur Streber taten, aber der hier sah ansonsten gar nicht aus wie ein Streber. Beinahe hätte ich meine Tasche fallen lassen, was einer Katastrophe gleichgekommen wäre. Ich bückte mich rasch und kontrollierte, ob noch alles heil geblieben sei, richtete mich wieder auf, und da tat er etwas Ungeheuerliches. Er zwinkerte mir zu. Einfach so, und dann lachte er mich an, aber nicht aus. Ich klappte den Mund auf und spürte, wie die Hitze vom Hals über die Wangen zur Stirn hochzog, und stand da wie ein begossener Pudel in der Hoffnung, dass es niemand merkte, vor allem Frau Schneider nicht. In der linken Hand hatte ich die ganze Zeit über ein paar Scheiben von diesem knallpinken Schweinespeck gehabt, der nun ziemlich zerquetscht war. Da mir durch das Zuzwinkern eine Art Lähmung widerfuhr, blieb ich stehen und starrte auf die Zuckerbombe in meiner Hand. Ich wollte einfach noch ein bisschen in seiner Nähe bleiben, also musste ich etwas tun, etwas »Normales«, zum Beispiel essen. Ich biss in den Speck und hörte ganz nebenbei, wie Frau Schneider sagte: »Na Fabian, Schule aus? Wie üblich ein Laugenwecken?« Aha – Fabian hieß er. »Nee, heute bitte so eine Muschel, in grün.« Erwähnte ich, dass es diese in verschiedenen Farben gab? Er zahlte die zehn Pfennig, verabschiedete sich von Frau Schneider wie von einer alten Freundin und ging zu mir, als ob es das Normalste der Welt sei. »Du hast gewartet, super. Sag mal, kaufst du dir immer so tolle Sachen?« Er zeigte auf meine Tasche und lächelte mich mit einer Wärme an, die mich augenblicklich zum Schmelzen gebracht hätte, wenn ich ein Schokoladenosterhase gewesen wäre. Ich riss mich zusammen, denn irgendwie merkte ich, dass es jetzt galt. So souverän wie eben möglich brachte ich ein heiseres »Nee, is für meine Oma« heraus. Er lachte wieder, aber auch dieses Mal nicht hämisch. »Ich bin Fabian und du?« »Äh, Anna. Also eigentlich Annika, doch sagen alle Anna.« Er nickte und begann, seine Muschel von allen Seiten zu betrachten. Deshalb biss ich einfach noch einmal in meinen Speck, damit ich überhaupt etwas tat. Ich dachte nach, wie ich ihn noch ein bisschen hier halten könnte. Er leckte seine Muschel ab, einmal, zweimal. »Bäh, das schmeckt ja scheiße.« Heimlich gab ich ihm unbedingt recht. Sein »Bäh« traf mich wie ein Geistesblitz. Vielleicht war es das Neue oder Heimliche an dieser Situation, denn ich musste an den Schwarzmarkt denken, den mir Oma so oft beschrieben hatte. Mit dem Mut der Verzweiflung hörte ich mich sagen: »Wollen wir tauschen?« Ich hielt ihm meinen angebissenen Speck unter die Nase. Er bekam tatsächlich glitzernde Augen und nickte eifrig. Erst wollte er mir die Muschel überreichen, zog sie dann jedoch zurück und grinste breit: »Ich hab aber schon abgeleckt, das ist wie bei einem Kuss.« Strahlend stand er vor mir, und es war das erste Mal, dass ich bei einem anderen Menschen die Augenfarbe registrierte. Fabians Augen waren strahlend blau. Woher ich den Mut für meine Antwort nahm, weiß ich bis heute nicht. »Na und?« Demonstrativ zuckte ich mit meinen Schultern. »Ich hab ebenfalls abgebissen, wir sind quitt.« Fabian schien beeindruckt von der schieren Logik meiner Worte, nahm den Speck und gab mir die Muschel. Hieß das jetzt in etwa, dass wir uns geküsst hatten? Oder war es nur ein Tausch von Süßigkeiten? Ich traute mich nicht zu fragen. Einigermaßen verwirrt ging ich zurück. Meiner Oma fiel nur auf, dass ich sehr rote Backen hatte. Misstrauisch beäugte sie mich und langte mir mit ihrer rechten Hand auf die Stirn. Abends bekam ich ein Telefonat zwischen meiner Mutter und meiner Oma mit. »Isch glaab, die Klää hot Mumps«, diagnostizierte Oma.

So war das bei meiner Oma. Heute wäre etwas Derartiges gar nicht mehr möglich. Mittlerweile bin ich selbst Oma und käme niemals auf die Idee, meine Enkel mit dunklen Einkaufstaschen und Einkaufszetteln loszuschicken, auf denen etwas anderes stünde als veganer Hirsebrei, Karotten und Dinkelbrot. Selbst damals ahnte ich bereits, dass da etwas komischer war als zuhause, denn dort habe ich meinen Eltern lieber nichts von meinen Kioskeinkäufen erzählt. Vom Fabian sicherheitshalber auch nicht. Dieses Tauschgeschäft aber blieb mir im Gedächtnis. Immerhin hatte ich beinahe mein Herz getauscht.

Dr. Gamber sucht die Liebe

»Frau Ehrenpreis, haben Sie die Reiseunterlagen für Freitag fertig?«

»Gewiss, Herr Dr. Gamber, liegt bereit, und der Reservierungscode für das ›Rice Carlton‹ ist bereits auf Ihrem Handy«, beeilte sich die Angesprochene zu antworten.

Dr. Gamber nickte in ihre Richtung, was Frau Erika Ehrenpreis als Dank interpretieren durfte. Nach über fünfzehn Jahren Chefsekretariat kannte Frau Ehrenpreis ihren Chef in- und auswendig. Sie nur als Wächterin und Organisatorin des prall gefüllten Terminkalenders von Herrn Dr. Gamber zu bezeichnen, wäre einem mittelgroßen Affront gleichgekommen. Frau Ehrenpreis war so viel mehr. Sie organisierte die tagtägliche Agenda des Vorstandsvorsitzenden eines der führenden Medizintechnikunternehmen, korrespondierte mit den Geschäftspartnern weltweit in drei Fremdsprachen, von denen sie eine fließend und zwei gut beherrschte, erinnerte die Mitarbeiter an Abgabetermine und Fristen, organisierte Meetings in der Firma und außerhalb, wusste genau, in welches Restaurant der Chef mit den jeweiligen Businesspartnern gehen wollte, dachte an jeden Geburts- und Hochzeitstag und war seit dem ersten Tag ihrer Tätigkeit für Herrn Dr. Gamber immer vor ihm in der Firma. Wenn der Chef eine Viertelstunde später ins Vorzimmer kam, merkte Frau Ehrenpreis sofort an seinem Habitus, wie seine Befindlichkeit war, und dementsprechend konnte sie agieren. In seinem hellen, in einer gelungenen Mischung von Antiquitäten und New Simple Style eingerichteten Büro fand er alles vor, was er morgens brauchte. Laptop, eine Schale Müsli, »seine«

Printzeitung und drei Stück Dörraprikosen. Seinen zufriedenen Seufzer über die Anwesenheit seiner Morgenbedürfnisse hörte er höchstwahrscheinlich selbst nicht mehr, dafür aber Frau Ehrenpreis im Vorzimmer nebenan, um wie auf Kommando mit dem frisch gebrühten Espresso ins Büro zu eilen.

Frau Ehrenpreis kümmerte sich im Prinzip um das ganze Leben des Vorstandsvorsitzenden der »Gamber-Werke«. Fast. Es gab nur einen Schatten. »Frau Ehrenpreis, wären Sie so nett und würden meiner Frau und mir für heute Abend einen Tisch im ›Il Pescatore‹ reservieren?«

»Oh, das ist jetzt sehr kurzfristig, aber ich probiere es gerne.« Frau Ehrenpreis behielt ihr Pokerface und redete so lange auf Enzo, den Wirt, ein, bis sie nicht nur irgendeinen Platz gleich neben dem Eingang, sondern den schönen hinter dem modernen Regal, mit sizilianischer Keramikkunst, ergattert hatte.

Überhaupt, Frau Eleonor Gamber. Die Ehefrau und direkte Konkurrentin. Stets gestylt, die langen blonden Haare meist gekonnt lässig nach oben gesteckt, auf Taille gekleidet und jedes Jahr eine neue ausgefallene Brille. Eleonor, oder Eli, wie Dr. Gamber sie nannte, war zeit- und alterslos. Eine Frau, nach der sich nicht nur die Männer umdrehten. Sie selbst war eher klein, etwas untersetzt und auf eine lästige Art und Weise unauffällig. Erika eben. »Du musst mal andere Farben anziehen, nicht nur so gedeckte, da kannst du ja gleich in Beige gehen«, hatte ihre beste Freundin neulich am Telefon geraten. Und noch: »Selbst schuld. Seit Jahren machst du alles für deinen Chef, buchst deine Urlaube um, wenn es nötig scheint, richtest quasi dein ganzes Leben nach ihm. Hoffentlich weiß er das zu schätzen.« Fast wären die beiden in einen Streit geraten. Erika Ehrenpreis ertrug es nicht, wenn ihr Chef in einem Misston dargestellt wurde. Und mit der Ehefrau musste sie eben leben.

Dr. Reinhold Gamber klappte den Laptop zu, checkte noch einmal die neuen Handynachrichten und schlüpfte geschmeidig in sein Sakko. Zum heutigen Hochzeitstag trug er extra die royalblaue Krawatte, weil Eli die so mochte. Er sah trotz des anstehenden runden Geburtstags noch sehr gut aus, und wenn er mit seiner imponierenden Größe und Statur irgendwo auftauchte, erregte er Aufmerksamkeit. Seine ruhige und charmante Art begeisterte die Damenwelt nach wie vor. Ein kleines Präsent in der Hand, ging er in die Tiefgarage seiner Firma, wo sein Fahrer bereits wartete. Vor dem »Il Pescatore« angekommen stieg Eli gerade aus einem Taxi. Die beiden begrüßten sich auch nach Jahren noch mit einem zärtlichen Kuss auf den Mund.

Enzo, der Gastgeber, der eigentlich Egon hieß und mit Italien höchstens einen Südtiroler Großvater gemein hatte, begrüßte das Ehepaar Gamber wie zwei langjährige beste Freunde. Er geleitete sie an den mit roten Rosen dekorierten Tisch und wünschte augenzwinkernd einen »felice anniversario di matrimonio«.

»Sind die Rosen eine Idee von Frau Ehrenpreis?« Eli schaute ihren Gatten belustigt an.

»Och, nein, nein, also die Idee vielleicht schon, aber ich wäre auch so darauf gekommen«, eifrig setzte Reinhold seinen Dackelblick auf. Das konnte er gut, wie Eli regelmäßig anmerkte.

»Ah, ja. So ganz selbstständig also. Nun gut, zum Wohl, mein Schatz, auf uns.« Eli hob ihr Champagnerglas und prostete Reinhold zu. »Eigentlich sollte sie ebenfalls hier sein, ich meine, wo wir quasi seit Jahren eine Ehe zu dritt führen.« Nun schob Eli eine Augenbraue hoch, was sie immer dann tat, wenn sie nichts von dem ernst meinte, was sie sagte.

Reinhold kannte sie gut und ging sofort auf das Geplänkel ein. »Du meinst doch nicht etwa Frau Ehrenpreis? Schatz, ich bitte dich!«, entrüstete er sich theatralisch und schlug mit Schwung die Menükarte auf. »Lass uns erst streiten, wenn ich etwas gegessen habe. Sonst habe ich ja gar keine Chance gegen dich.«

Eli warf ihm einen Luftkuss zu.

Es funktionierte nach wie vor zwischen ihnen, das leichte Spiel mit Worten, Andeutungen und Ironie. Und es hatte selbst nach vielen gemeinsamen Jahren des Aufs und Abs nie an Reiz verloren. Genauso wie die strahlenden Augen, die Eli noch hatte, wenn sie, wie ein Kind am Geburtstag, das kleine Päckchen öffnete und sich herzlich darüber freute. In solchen Momenten merkte Reinhold deutlich, wie sehr er seine Eli liebte.

Der Abend verlief harmonisch und endete mit einem gehörigen Schwips auf Elis Seite, zufriedener Genugtuung auf Dr. Gambers und der Frage, die er seiner Eli jedes Mal stellte: »Gehen wir zu dir oder zu mir nach Haus?«, was Eli unter ausgelassenem Kichern mit einem »Zu mir, was sonst?« quittierte.

Das waren die Momente, in denen Reinhold einfach glücklich war und sein Leben an Elis Seite sehr schätzte. Denn oft genug lag er lange vor dem Erklingen seines tibetischen Klangschalenweckers (einem Weihnachtsgeschenk von Eli) wach, mit hinter dem Kopf verschränkten Armen, starrte an die Decke, grübelte und lauschte den gleichmäßigen Atemzügen seiner Frau. Vielleicht lag es an dem Unmittelbaren und der Nähe in dieser Situation, dass er zunehmend an seinen »Spleen« dachte. Eine in seinen Augen schon fast abartige Neigung, derer er sich nicht wirklich schämte, die er allerdings auch niemandem freiwillig anvertraut hätte. Bereits in seinen jungen Jahren hatte er damit geliebäugelt. Damals hätte er mehr Zeit, dafür kein Geld gehabt. Nun war es umgekehrt, und immer öfter holte dieser Umstand den sonst so rational-glücklichen Gamber ein.

Das leichte Zischen durch die halbgeöffneten Lippen seiner Eli veranlasste ihn dazu, aufzustehen und sich ein Glas Milch zu wärmen. In der Küche tigerte er regelrecht zwischen Kühlschrank und angrenzendem Wintergarten hin und her. Zur Beruhigung nahm er ab und an einen Schluck von der Milch und setzte sich auf einen Küchenstuhl. Kopfschüttelnd redete er mit sich selbst. »So geht es nicht weiter. Was soll ich bloß tun? Seit ich meinen alten Kumpel aus Studientagen getroffen habe, ist nichts mehr im Lot. Ich dachte, alles überwunden zu haben. Und dann kommt der Michael und erzählt mir, wie er seiner Leidenschaft frönt, ganz einfach so. Als ob es heutzutage gar kein Problem mehr wäre. Das gibt's gar nicht, der ist doch gleichfalls verheiratet.«

Seufzend nahm er die Milch und wollte gerade aufstehen, als er Eli direkt am Kühlschrank stehen sah. Ihm fiel das Glas aus der Hand, das den Sturz zwar überlebte, die restliche Milch sich aber unaufhaltsam auf dem Fliesenboden verteilte.

»Eli, seit wann stehst du hier?« Er starrte sie mit großen Augen an. Ihre wurden schmal wie Striche.

»Lange genug, um wissen zu wollen, was du überwunden glaubtest. Und wer ist dieser Michael?« Kerzengerade stand Eli vor Reinhold.

Atemlose Stille, bei der keiner Anstalten machte, wenigstens einen Lappen über das Milchdesaster zu werfen. Eli schien auf eine Antwort zu warten, denn sie blieb ruhig.

»Eli, es ist nicht so, wie ...«

»Stopp, bitte nicht diesen Satz, das ist übelstes Klischee und deiner nicht würdig. Unsrer nicht würdig«, ergänzte sie sofort.

Augenblicklich schwieg Gamber mit hängenden Schultern. »Also, ich, es ist so, Eli, ich ...«, stammelte er blöde und versuchte so, Zeit zu gewinnen.

Gamber hasste Situationen, in denen er auf der ungünstigeren Seite stand. Deshalb vermied er sie, wann immer es möglich war, und meistens war es möglich. Diesmal nicht. So blieb ihm kein anderer Ausweg, als sich hier und jetzt zu outen. Gamber konnte gerade noch aushandeln, dass sie sich ins Wohnzimmer setzten, um wenigstens aus der Milchlache herauszukommen, die langsam zu kleben begann.

Dr. Reinhold Gamber legte Beichte ab, und zwar gründlich. Er begann damit, dass er bereits als Jugendlicher gewisse Neigungen verspürte, diese ihn aber wahrscheinlich im jugendlichen Leichtsinn nicht weiter gestört hätten. Er überflog großzügig ein paar »Ausreißer« diesbezüglich, die wirklich nicht erwähnenswert waren, da sie sowieso nie bei ihm zu Hause stattgefunden hatten. Als er beim Thema »Freunde« ankam, wollte es Eleonor genau wissen.

»Wer sind diese ›Gleichgesinnten‹? Wie oft habt ihr euch getroffen und vor allem wo?«

Gamber bemühte sich, reinen Tisch zu machen, und legte ein ausführliches Geständnis ab. Eine bedrückende Stille hüllte sie beide ein, wie ein schweres, muffiges Tuch. Gamber verharrte schweigend, weil er Eli gut genug kannte, dass sie zunächst einmal das Geständnis verdauen musste. Sie seufzte. Dann erhob sie sich.

»Es ist so, wie es ist. Ich kann dem nichts, aber auch nicht einmal das Geringste abgewinnen. Doch wenn es für dich so wichtig ist. Nicht, dass wir uns falsch verstehen. Ich halte es, selbst nach all den gemeinsamen Jahren, für widerliches Männerzeugs. Und ich möchte, dass wir folgendermaßen verfahren: Wir reden nicht mehr darüber. Du schickst mir jeweils eine Notiz per E-Mail, von wann bis wann du weg bist, damit ich planen kann. Und noch etwas: Nicht öfter als dreimal im Jahr.«

Gamber nickte in den spärlich beleuchteten Raum.

Mit einem eisigen »Gute Nacht« ging Eli wieder zu Bett und ließ ihren Gatten verwirrt zurück.

Nun benötigte er etwas Härteres als Milch und schenkte sich einen Single Malt ein. Hieß das jetzt grünes Licht für seinen geplanten Ausflug? Um sich mehr Klarheit zu verschaffen, schenkte er sich noch einmal das Glas voll. Nach dem dritten Glas brauchte er jemanden zum Reden. Weil es jedoch mitten in der Nacht war, textete er Michael mit dreiundzwanzig Sprachnachrichten voll. »Hallo, alles Haus, du, stell dir vor, ich habs endlich geschafft, ich hab Eli alles erssählt, die findet das scheiße, aber machen tut sie nix. He, ich ssag dir, das war gar nich sso sschwer, aber Eli is da so ra, äh wie ssol ich ssagen, sso rradikal. Mein Gott, scheiße, ich bin doch auch nur ein Mannn, jawoll, so einer. Und ich will nich imma Scheff sein, ich will einfach nur ich ssein, ohne Scheff, versstest du?«

Am nächsten Morgen stand Dr. Gamber geschniegelt und gebügelt und mit viel Aspirin in einem Wasserglas vor sich in der Küche und löschte die Textnachrichten. Gott sei Dank waren sie alle noch nicht als gelesen markiert. Die inzwischen vollends eingetrocknete Milchlache umging er, sollte sich Eli drum kümmern. Ihretwegen hatte er das Glas immerhin fallen lassen.

Gamber war fest entschlossen, die Sache nun professionell anzugehen. Dies war die Stunde von Erika Ehrenpreis. »Frau Ehrenpreis, hätten Sie kurz fünf Minuten für mich?« Die Durchsage war noch nicht im Orbit des Vorzimmers verhallt, da stand die Hergebetene, wie ein Soldat zur finalen Schlacht bereit, vor seinem edlen Schreibtisch. Er zeigte auf den Besuchersessel und bot ihr einen Kaffee an. Frau Ehrenpreis' Herz tat einen Hüpfer, äußerlich aber bewahrte sie die Contenance, wie sie es jahrelang gelernt hatte. Er, ihr Chef, Dr.

Gamber, Vorstandsvorsitzender der Gamber-Werke, bot IHR einen Kaffee an. Persönlich. »Was ich Ihnen jetzt sage, liebe Frau Ehrenpreis, darf diesen Raum hier niemals verlassen.« Ihre Wangen glühten vor lauter Eifer und Aufregung. Ihre Demut wurde belohnt, als sich Dr. Gamber ihrem Gesicht näherte, ganz nahe an ihr Ohr ging und hauchte: »Und meine Frau darf es nie, niemals erfahren.« Wie auf Wolke sieben organisierte Frau Ehrenpreis alles, was Dr. Gamber für sein Treffen benötigte. Sie beide sprachen nie mehr davon, aber das Band zwischen ihr, Erika Ehrenpreis, und ihrem Dr. Gamber war auf ewig geknüpft und wie durch einen gordischen Knoten miteinander verbunden. Nur so für sich, so als Frau, überlegte sich Erika, was eigentlich so schlimm an diesem »Spleen« war.

Am Tag vor der geplanten Reise checkte er auf Anraten von Frau Ehrenpreis noch einmal die Hoteldaten auf seinem Handy und wuchtete den schweren Koffer mit dem ganzen Equipment in den Kofferraum seines SUV. Das erschien ihm angemessener. Die Verabschiedung von Eli anderntags fiel dennoch spöttisch-kühl aus.

Gamber atmete auf, als er davonfuhr. Im Rückspiegel sah er zwar Eli noch kopfschüttelnd ins Haus gehen, aber als er auf der Autobahn war, nahm seine Vorfreude überhand.

Zwei Stunden später betrat er die Hotellobby. Geübt rollte er mit der linken Hand den Koffer, rechts hatte er sein Handy mit dem Reservierungscode griffbereit. Solche Rituale waren ihm im Laufe der Zeit in Fleisch und Blut übergegangen. Die Dame an der Rezeption schien sich aufrichtig über sein Kommen zu freuen, denn sie lächelte Gamber wie eine juvenile Nichte an, die sich über ihren Lieblingsonkel freut, weil der immer die besten Geschenke dabeihat. »Hatten Sie eine gute Anreise?«, säuselte sie, während sie rasch und geübt den Reservierungscode einscannte. »Oh, wie schön, wir konnten für Sie die ›Tristan und Isolde‹-Suite buchen.« Als alles erledigt war, kam der Liftboy und rollte den schweren Koffer zum Fahrstuhl. Derer gab es drei im Haus, alle aus Glas, und je höher man schwebte, desto besser war der Blick auf die altehrwürdige Lobby des noblen Hotels. Gamber mochte dieses Hotel. Es war eine gelungene Mischung aus luxuriöser Lebenskunst und absoluter Diskretion. Eine Viertelstunde vor dem vereinbarten Treffpunkt saß Gamber wieder in der Lobby, in einem der schweren Fauteuils, und ließ sich einen alten Whisky servieren. Eine kleine Stärkung konnte sicher nicht schaden. Die Utensilien hatte er vorerst in der Suite gelassen. Man würde sich ja wahrscheinlich erst einmal beschnuppern, bevor es richtig zur Sache ging. Leise kichernd stellte er fest, dass er regelrecht aufgeregt war nach so langer Zeit. Da öffnete sich die Tür zum größten der ebenerdigen Tagungsräume und ein Page in Livree stellte ein Schild davor. Schon gab es Getümmel und dann kamen sie. Es gab ein großes Hallo, ein Lachen und Umarmen. Sprüche wie »nach so langer Zeit« und »du bist ja auch nicht dünner geworden« hallten durch die Lobby. Immer mehr fanden sich auf einen Drink zusammen und tauschten die üblichen Informationen, wer jetzt wo und wie lebte. Allen war anzusehen, wie sehr sie sich auf dieses Treffen gefreut und danach gesehnt hatten. Es war lauter und lustiger als bei einem Klassentreffen nach langer, langer Zeit. Mit einem »Na, dann wollen wir mal«, bewegte sich der Pulk Richtung Schild, auf dem zur Begrüßung stand:

Willkommen zur Jahreshauptversammlung der
Modelleisenbahnfreunde »Zur letzten Weiche«.
Heute große Tauschbörse

Wie eine Horde Verdurstender auf Freibier stürzten sich die Männer in den Saal und sahen eine Rieseneisenbahnlandschaft, mit zahlreichen Zügen, allem an Zubehör, was das Herz begehrt und mindestens 10 Kilometer alleine an ausgelegtem Schienenmaterial. Der Vorstand hatte alles liebevoll, bis ins kleinste Detail, in einer Nachtschicht aufgebaut. Nach einer Sekunde des bloßen Erstaunens brach ein hemmungsloser Freudentaumel aus, einige lagen sich weinend in den Armen, und auch Dr. Reinhold Gamber vergaß alles um sich herum, als er sich beglückt auf den Märklin Personenwagen »Königssee« stürzte. Die Börse wurde ein voller Erfolg. Hochdekorierte und international erfolgreiche Karrieristen lagen bäuchlings auf dem Boden, um Schienen zu verlegen und Weichen zu stellen, ein Job, der den meisten unter ihnen ohnehin lag. Aber das Beste für Dr. Gamber war, dass er seine Märklin E-Lok Serie 0815 gegen die legendäre »Krokodil Walter« eintauschen konnte. Nie im Leben hätte er dies je für möglich gehalten, da es genau diese Flagglok schon seit Jahren nicht mehr im Handel gab, nicht einmal in Internettauschbörsen.

Während er, zusammen mit anderen Spur-H0-Verrückten, mittlerweile einen Tunnel sprengte, um mehr Bahngleise bauen zu können, klingelte bei Gambers daheim das Telefon. Der älteste Sohn von Eli und Reinhold rief an. »Hallo Mama, was ist eigentlich los? Ich wollte Papa was fragen, aber der hat sein Handy aus. Ist etwas passiert?« In seiner Stimme klang echte Besorgnis. Eli schnaufte kurz durch. »Der ist bei seiner geliebten ...«, sie machte eine Pause, »Modelleisenbahn.«

Eislaufen

Liebevoll strich sie über die alte, bereits vergilbte Schwarzweißfotografie. Die Ränder waren wellig abgeschnitten und die obere rechte Ecke zierte ein kleiner blassbrauner Kaffeefleck. Trotzdem war das Motiv noch sehr gut erkennbar. Junge Menschen beim Eislaufen auf einem gefrorenen See. Dass die Sonne schien, sah man trotz der Schwarzweißoptik.

Sophia, weißt du noch? Du warst immer die Schönste und Anmutigste von uns. Und andauernd hast du die Mütze so schief aufgesetzt, dass deine langen Locken darunter hervorquollen. Ich kann mich noch gut an den glockig-weiten Wollrock erinnern, der schwang bei jeder Pirouette mit. Und erst deine perfekt sitzenden Strumpfhosen. Auf die war ich schrecklich neidisch. Ich hatte nur so ausgeleierte, doofe Dinger, die in den Kniekehlen Falten zogen und viel zu dick und kratzig waren. Da, guck mal, wie du da schaust. Wie du den Fotografen anlächelst. So selbstbewusst und schön. Damals hätte ich so gerne mit dir getauscht. Wenigstens deine Strumpfhose hätte ich sofort ertauscht. Doch was hättest du schon von mir haben wollen, außer vielleicht meinen großen Bruder. Ach Sophia, mein liebes Sopherl, warum nur ist alles so gekommen? Alle jungen Männer im Ort waren in dich verschossen. Mein Bruder, der hätte dich auf Händen getragen. Aber du musstest dich in diesen baumlangen, blond-blauäugigen Schnösel aus der Stadt verlieben. Vielleicht, weil der so zackig war und so eine schneidige Uniform trug. Ich will hier raus, hast du gesagt, raus aus dieser Enge. Du bist ihm nach Berlin gefolgt. Und meinen Bruder haben sie abgeholt, einfach so. Einen Grund brauchte es dafür ja nicht. Von dir habe ich nur noch selten gehört, meistens eh bloß Getratsche und Gerüchte. Dass du eine richtig feine Dame wurdest und in einem großen Haus an einem See in Berlin gelebt hast. Bist du da manchmal im Winter auch Schlittschuh gelaufen? Stimmt es, was man sich im Dorf nach dem Krieg erzählt hat, dass dein Mann seine Familie und sich selbst in die Luft gesprengt hätte, aus Angst vor Rache? Das will ich nicht glauben. Wer hätte sich an Kindern und einer so schönen Frau gerächt? Meinen Bruder haben sie in den Wirren im Lager vergessen. Der wurde später der Bürgermeister bei uns hier. Ach Sopherl, wenn ich doch wenigstens wüsste, ob es dir irgendwo gut geht.

»Und? Haben Sie heute etwas vom Sopherl gehört, Frau Schranzenbacher?« Die junge Pflegerin lächelte die Greisin aus freundlichen, warmen Augen an und half ihr in den Rollstuhl. Die alte Dame legte stumm das Bild auf den Tisch: »Gibt's jetzt Kaffee?«

Insomnia

Amira steckte in einer Zwickmühle. Ich werde sicher keine Schreitherapie machen. Was denkt der sich überhaupt? Gut, sie fühlte sich wirklich mies in den letzten Wochen. Das lag an ihrer Schlaflosigkeit und inneren Unruhe. Deshalb brauchte sie ja die stärkeren Schlaf- und Beruhigungsmittel. Ihr Arzt gab das Rezept aber nur heraus, wenn sie sich zu dieser Therapie anmeldete, und zwar in seinem Beisein. Das war Erpressung. Amira schüttelte energisch den Kopf. Andererseits war ihr klar, dass sich Dr. Michaelis um sie sorgte. Er war ein guter Arzt, und sie kannten sich seit Jahren. Amiras ganze Familie war bei ihm. Dennoch, das konnte er nicht bringen. Sie würde auf keinen Fall mit solch einer Gruppe in irgendeinen Wald gehen, um dann auf Kommando laut zu schreien. So weit käme es noch. Neulich hatte sie gelesen, dass es irgendwo im Allgäu zu einem Vorfall bei einer derartigen Therapieform gekommen war. Spaziergänger hatten die Schreie gehört, sich fast zu Tode erschrocken und die Polizei verständigt. Bei dem Gedanken musste Amira fast lachen. In diesem Moment piepte ihr Handy und eine WhatsApp leuchtete auf. *Morgen 14 Uhr Treffpunkt am Marktplatz. Du kommst doch?* Chrissie, ihre beste Freundin. Morgen war diese Großkundgebung gegen Rassismus und Ausgrenzung. Ein wichtiges Thema, ganz klar, besonders, weil sich in der Gesellschaft wieder solche Tendenzen breitmachten. »Wehret den Anfängen«, das hatte schon ihr alter Professor an der Universität regelmäßig gesagt. Und damit hatte er recht. Alle hatten immer recht. Der Arzt, der Professor und natürlich Chrissie, die sich selbst nach Jahren in einer bewundernswerten Art und Weise politisch und ehrenamtlich engagierte. Amira fühlte sich aber so müde, dass sie schlicht keine große Lust auf diese Demo morgen verspürte. Dennoch wollte sie Chrissie nicht vor den Kopf stoßen. Deshalb schrieb sie zurück. *Bin gerade auf dem Weg zum Arzt, melde mich nachher.*

Die platinblonde Sprechstundenhilfe zeigte mit einem freundlichen Lächeln auf Tür 4. Das Besprechungszimmer war, wie die ganze Praxis, sehr gediegen eingerichtet.

Dr. Michaelis platzte in Amiras versonnene Betrachtung eines bunten Gehirnmodells und legte gleich los. »Frau Schneider, ich mache mir Sorgen. Ihre Schlaflosigkeit und die damit verbundenen Probleme sind an einem Punkt, an dem ich als Ihr Arzt Alarm schlagen muss.«

Amira rutschte unbehaglich auf dem Freischwinger herum. Ach, du meine Güte, was sollte das jetzt heißen? Sie schlief doch nur schlecht.

»Natürlich könnte ich Ihnen die Tabletten einfach so aufschreiben und wahrscheinlich würden die auch zeitnah helfen. Aber was passiert, wenn Sie die Tabletten wieder absetzen?«

Amira hatte keine Lust auf ein Frage-und-Antwort-Spiel und meinte nur patzig: »Sagen Sie es mir?«

Dr. Michaelis ließ sich nicht aus der Ruhe bringen. »Es könnte passieren, dass Sie die Tabletten gar nicht mehr absetzen können, weil Ihr Problem von vorne anfängt.«

Amira seufzte und ihre Bemerkung von eben tat ihr leid. Sie wusste, dass es richtig war, was er sagte. Dr. Michaelis kannte ihre ganze Geschichte von Verlust und Flucht, und wahrscheinlich war er aus diesem Grund noch besorgter als sonst. Das konnte sie ihm unmöglich zum Vorwurf machen. Aber für eine Psychogedönsnummer, wie diese Schreitherapie, hatte sie keinen Nerv. Amira versuchte einen Deal. »Herr Doktor, Sie kennen mich, ich bin gar nicht der Typ für solche Therapien. Zugegeben, ich bin da zu wenig offen. Und die Tabletten helfen mir, mich ein paar Tage zu erholen. Außerdem, gerade weil Sie mich kennen, müssten Sie eigentlich wissen, dass ich diese Teufelsdinger danach wieder absetze.« Sie lächelte ihn charmant an. »Sie könnten mir nur eine begrenzte Stückzahl aufschreiben, dann kann gar nicht so viel passieren.«

Es entstand eine kurze Stille im Raum, die Amira als Signal verstand, dass es in seinem Kopf arbeitete. Er schürzte seine Lippen und sah sie unverwandt an. »Gut, ich schreibe Ihnen zehn Stück auf.«

Amiras Augenbrauen erreichten den Höchststand. »Zehn Stück nur? Können es nicht wenigstens fünfzehn sein?«

»Nein, zehn. Und in einer Woche will ich Sie wiedersehen. Wenn ich keine deutlichen Fortschritte bemerke, müssen Sie über Ihren Schatten springen und sich für andere Therapieformen öffnen. Es gilt, den Grund Ihrer Unruhe zu bekämpfen. Sie haben schon extrem traumatische Erlebnisse in Ihrem Leben verarbeitet und Sie sind das, was man erfolgreich austherapiert nennt. Irgendetwas ist passiert, was Sie erneut aus der Fassung bringt. Überlegen Sie sich das. Ich will Sie nicht quälen, dennoch ist das der Punkt, an dem wir ansetzen müssen. Da bin ich mir sicher.« Dr. Michaelis war bei seiner Ansprache aufgestanden, was ihm etwas Feierliches gab. »Frau Schneider, das ist mein letztes Angebot. Zehn Stück und in einer Woche wieder hier.«

Auf dem Weg zur Apotheke signalisierte das Handy in ihrer Tasche eine weitere WhatsApp. »*Und? Was hat der Arzt gemeint?*«

Amira wollte keine Nachricht schreiben und drückte die grüne Telefontaste. »*Chrissie? Ja, ich bin's. Nein, bin nur gerade auf dem Sprung. Ja, ja, mir geht es gut. Nein, nichts Schlimmes. Ich erzähle es dir morgen. Ja, ich komme. Klar doch. Bis dann. Ciao, mach ich.*«

Na toll. Jetzt musste sie auf diese Kundgebung morgen. Warum konnte sie nie »Nein« sagen? Dafür bräuchte ich mal eine Therapie, dachte sie frustriert. Andererseits wollte sie mit dem Neinsagen nicht ausgerechnet bei ihrer besten Freundin anfangen. Und auf diese Kundgebung morgen käme es ohnehin nicht mehr an.

Zuhause war noch niemand. Amira freute sich über ein bisschen Ruhe, bevor die Familie kam. Sie gönnte sich ein kleines Gläschen Rotwein und setzte sich an den großen Küchentisch. Da entdeckte sie den Brief. Er war von Gerd, das erkannte sie gleich an seiner sauberen Handschrift. Bestimmt war er zwischen Unterricht und Konferenz zuhause gewesen. Typisch Lehrer, dachte Amira und lächelte. Natürlich hätte er auch anrufen können oder eine WhatsApp schicken, aber er liebte das Briefeschreiben. Und er liebte Amira.

Die Konferenz dauert länger, haben noch Entwicklungsgespräche. Kochst du und ich räume auf? Bis nachher, Kuss, Gerd.

Amira wusste nicht recht, ob ihr vom Rotwein oder von dem Briefchen so warm ums Herz wurde. Behaglich schloss sie die Augen. Manchmal setzte sie sich einfach ruhig hin und meditierte ein bisschen. Dann wurde ihr bewusst, wie gut sie es hatte. Sie saß hier, trank Wein, würde gleich ein schönes Abendessen zubereiten, die fast erwachsenen Kinder würden kommen, es wäre warm und würde gut riechen, es würde gelacht werden oder ernsthaft diskutiert. Gerd würde sie mit einem Kuss auf den Mund begrüßen und sie nach ihrem Arztbesuch fragen. Manchmal vermochte sie ihr Glück kaum zu glauben und schon gar nicht zu fassen. Für fast alle Menschen, die Amira besser kannte, war dies eine Selbstverständlichkeit. Für Amira nicht.

In ihrer Erinnerung sah sie sich wieder als Mädchen von elf Jahren, mit langen dunklen Haaren, die ihrer Mutter bereits fleißig daheim half. Amira konnte allerdings auch lesen und schreiben. Ihr Vater, der Lehrer in ihrem Heimatdorf nahe der Stadt Farah war, brachte es ihr bei. Sie war das jüngste Kind ihrer Eltern. Ihr Leben war bescheiden, jedoch geborgen, und Amira erinnert sich, wie viel Lachen immer im Haus war. Das änderte sich, als die Rebellen an die Macht kamen. Das ganze Land wurde zum Spielball der großen Weltpolitik. Die einen finanzierten die Rebellengruppen, die anderen unterstützten das Gegenregime. Das einfache Volk war der Puffer in diesem Stellvertreterkrieg. Die Gesetze wurden verschärft, die der Frauen sowieso, die der Männer aber auch. Es kam zu immer mehr gewalttätigen Auseinandersetzungen. Zu Beginn gab es noch Widerstand, den in ihrem Dorf der Vater, zusammen mit Amiras Brüdern, organisierte. Von da an wurden Amiras Erinnerungen brüchiger. Sie wusste nur noch, dass sie einmal nachts wach wurde, weil die Eltern sich laut und aufgebracht unterhielten und die Mutter weinte. Kurz darauf wurde Amira zu ihrer Tante nach Farah gebracht, angeblich um ihr bei der Pflege der Großmutter zu helfen. Zwei Tage später schlugen die neuen Machthaber den Aufstand blutig nieder. Die Eltern wurden als Erstes erschossen, die Geschwister versuchten zu fliehen, wurden aufgegriffen und ebenfalls getötet. Nur Amira entkam dem Massaker. Als man ihr berichtete, was geschehen war, fiel Amira zuerst in Ohnmacht, und als sie zu sich kam, sprach sie kein Wort mehr. Ihre Tante fand einen Weg, wie Amira fliehen konnte. An ihre Flucht erinnerte sich Amira absichtlich nicht. Sie nahm sich erst wieder wahr, als sie in Deutschland auf irgendeinem Bahnhof stand, keinen kannte, die Sprache nicht verstand und nicht wusste, was jetzt mit ihr passieren würde. Aber Amira hatte einen zähen Willen. Sie nahm sich an Ort und Stelle vor, nicht aufzugeben, da sie die Letzte ihrer Familie war. Sie wollte die Geschichte ihrer Familie weitererzählen, sodass deren Tod nicht ganz umsonst gewesen war. An diesem Tag gab Amira ihr Schweigen auf. Sie tauschte ihre Ohnmacht gegen ein neues Leben und ihre alte gegen die neue Sprache. Danach hatte sie unendlich viel Glück. Sie kam zu liebevollen Pflegeeltern, die sie adoptierten und die Amira sogar alsbald Mama und Papa nannte. Sie lernte sehr schnell Deutsch und hatte Spaß an der Schule. Im Milieu ihrer Eltern, die beide Lehrer waren, wurde sie rasch akzeptiert und bald war es so, als ob sie schon immer da gewesen wäre. Amira gehörte einfach dazu. Ihre Eltern sorgten dafür, dass Amira nicht nur mit Liebe und Verständnis, sondern ebenso mit erfolgreichen Therapien behandelt wurde. Und allmählich wuchs Amira heran in dem Bewusstsein, dass sie eine schlimme Vergangenheit hatte, aber durchaus auch großes Glück und viele Chancen, und dass es darum ihre Pflicht war, diese zu nutzen. Nach dem Abitur verließ sie den sicheren Hafen ihrer Elternstadt und ging nach München zum Studieren. Dort lernte sie gleich am ersten Tag Chrissie kennen. Chrissie war ausgeflippter, politischer und der liebenswürdigste Mensch an der ganzen Uni. Auf einer Unifete begegnete ihnen ein großer, sportlicher, junger Mann mit einem entschlossenen Blick aus sanften Augen. Die quirlige Chrissie erkannte sofort großes Zukunftspotential und verkuppelte Amira und Gerd kurzerhand. Und so nahmen die Dinge ihren Lauf. Damals wurde Amira manchmal auf der Straße angemacht oder sogar angepöbelt, einfach, weil sie fremdländischer aussah. Sie hatte glänzend schwarze Haare, tiefdunkle Augen, einen olivfarbenen Teint und diese feine orientalische Noblesse. Sie lernte, sich zu wehren und sich nichts gefallen zu lassen. Außerdem war nun Gerd an ihrer Seite und ihm vertraute sie bedingungslos.

Amira öffnete ihre Augen und befand sich zurück in ihrer Küche. In ihrem Leben. Alles war doch gut, oder? Im Gegensatz zu vielen Menschen hatte ihr Leben eine gute Wendung genommen. Sie hatte sich viel erarbeitet, sie war glücklich. Wo um alles in der Welt war der wunde Punkt oder was war der Auslöser dafür, dass es ihr seit Wochen wieder so schlecht ging wie die letzten Jahrzehnte nicht mehr? Dr. Michaelis hatte recht. Das musste sie herausfinden, dabei konnte ihr niemand helfen. Sie musste sich zwingen, hier und jetzt. Plötzlich kam ihr die Idee, den Kalender zu Hilfe zu nehmen, in dem alle Termine standen. Vor genau vier Wochen besuchten Gerd und Amira zum ersten Mal seit den Lockdowns ein Konzert. Zu der Zeit war noch alles in Ordnung gewesen. Also musste es danach passiert sein. Sie blätterte weiter, ihr Blick fiel auf einen Mittwoch, an dem das Auto beim Kundendienst war. Deshalb nahm sie an jenem Tag die Bahn. Es war schon später, als sie sich auf dem Heimweg befand und den halben Kilometer zur Tramstation lief. Da spürte sie es in ihrem Rücken. Ihre Wirbelsäule zog sich nach innen und das unangenehme Ziehen breitete sich aus. Sie lief schneller und es war ihr klar, dass die Schritte hinter ihr ebenfalls schneller werden würden, denn sie wurde verfolgt. Nicht von einem Menschen, gleich von zweien. Nur nicht umdrehen, dachte sie sich, dreh dich bloß nicht um, lauf schneller, gleich kommt die Haltestelle, dort stehen viele Leute, dort ist es hell. Lauf schneller, nicht umdrehen. Sie atmete flach und hörte hinter sich höhnisches Lachen. Es klang jung. Amira überlegte kurz, stehen zu bleiben und die Jäger zur Rede zu stellen, aber nun sah sie die Haltestelle, die Bahn fuhr in diesem Moment an und Amira hastete mit einem Sprung hinein. Die Türen schlossen sich. Endlich drehte sie sich um und sah zwei Jungen, vielleicht dreizehn oder vierzehn Jahre, die sich wahrscheinlich einen bösen Spaß gemacht hatten und sich entsprechend amüsierten. Amira ließ sich auf einen Sitz sinken und versuchte, ruhig auszuatmen. Gut, mit denen wäre ich schon irgendwie fertiggeworden. Und bestimmt war es wirklich ein böser Streich von zwei gelangweilten Pubertisten oder eine Mutprobe, um Zutritt in eine Gang zu bekommen. Die hatten sie gar nicht richtig gesehen. Wahrscheinlich war sie einfach nur zufällig das »Opfer« gewesen. Amira versuchte, das Ganze sachlich zu betrachten. Aber etwas hatten die Jungen erreicht. Sie hatten Amiras Achillesferse getroffen. Amira wurde sich wieder ihrer Verletzlichkeit bewusst. Es war nicht vorbei und es würde nie vorbei sein. Sie konnte ihrer eigenen Geschichte nicht davonlaufen.

Am nächsten Tag ging Amira mit durchgestrecktem Rücken und entschlossenen Schritten zum vereinbarten Treffpunkt. Sie hoffte, dass nicht zu wenig Menschen zusammenkamen. Chrissie war bereits da und freute sich ganz besonders, Amira zu sehen. »Meine Gute, du siehst blass aus. Brauchst aber nichts zu sagen, ich kann eins und eins zusammenzählen. Pass auf, ich glaube, die Demo heute wird dir guttun.« Chrissie lachte sie an und Amira musste mitlachen. Ihre beste Freundin wusste einfach über sie Bescheid. Manchmal nervte Amira das gewaltig, heute war sie froh darüber. Es versammelten sich immer mehr Leute. Und als die eigentliche Kundgebung begann, waren es mehrere Tausend. Amira schaute sich um und sah überall Menschen, die sich lachend und entschlossen unterhakten, um durch die abgesperrte Innenstadt zu laufen. Plötzlich rief einer einen Slogan. Zuerst riefen einige mit, dann noch mehr, dann viele. Amira war aufgeregt und verstand zuerst den Text nicht richtig. Allmählich murmelte sie ihn mit, immer sicherer, immer lauter. Ihre Stimme wurde deutlicher und kräftiger. Chrissie sah sie von der Seite an, lachte aufmunternd und gemeinsam schrien sie im Chor:

Say it loud, say it clear, everyone is welcome here.

In diesem Moment fiel alles von Amira ab. Ihre Angst, ihre Müdigkeit, ihre Hilflosigkeit. Sie fühlte sich leicht und frei und stark. Sie schrie mühelos, ohne nachzudenken, ohne sich komisch zu fühlen. Und das gab ihr eine überwältigende Kraft und Stärke, auch wenn sie nur einen Bruchteil davon in ihren Alltag würde retten können. Sie würde sich nichts gefallen lassen. Nein, sie, Amira, würde kämpfen. Nach der Kundgebung stellte Amira höchst amüsiert fest, dass sie regelrecht heiser war. Dr. Michaelis wäre stolz auf mich, dachte sie. In dieser Nacht schlief sie ohne Tabletten tief und fest.

Flores murus

Er hat mich entdeckt. Ohne ihn wäre meine Existenz die eines Mauerblümchens geblieben. Es gibt Menschen, die Mauerblümchen sehen und ihnen Wasser geben. Quasi in letzter Minute, kurz vor dem Verdorren. Ob er mich schon länger bemerkt und beobachtet hatte? Wartete er darauf, bis ich kurz vor dem Verdursten war? Es war einerlei. Er war nun da. Als ich ihm sagte, dass ich ohne ihn nicht bin, schlug er nur die Augen zu. Als ich ihm erklärte, dass er mich gerettet habe, öffnete er sie wieder und schenkte mir diesen Blick aus seinen stahlblauen Augen. Diese Augen, deren Intensität den blauesten Himmel fade erscheinen ließen. Ein Blick, der Schutz versprach und Stärke. Das Stahlblau der Augen passte zu seinem geschliffenen Benehmen und zu den maßgeschneiderten Anzügen. Der geborene Retter. Ein Seelensammler. Meine Augen waren meistens nicht zu sehen. Zugeschwollen, gerötet. Das Salzwasser der Tränen ist keine gesunde Nahrung für Blumen. Nicht einmal für anspruchslose Mauerblümchen. Salzwasser vergiftet schleichend, es nährt das Blümchen nicht. Im Gegenteil. Es zieht das wenige noch verbliebene Restwasser aus ihm heraus. Bei rotgeschwollenen Augen helfen rosarote Brillen. Durch diese erscheint jedes kalte Blau warmherzig. Mein Retter goss mich mit Salzwasser. Das sei wie eine lebenserhaltende Infusion. So belehrte er mich. Er düngte mich mit zweifelhaften Methoden, die immer mehr und immer perfider wurden. Dabei blieb er ruhig und betonte, wie sehr ich ihn brauche. Und er setzte mir die rosarote Brille auf, die alles herausfilterte. Mauerblümchen sind zunächst auch dankbar. Die rosarote Brille tat ihre Wirkung. Es blieb stets brav an die Mauer geschmiegt. Doch die gleißende Sonne am stahlblauen Himmel wurde immer greller und erbarmungsloser. Es schien keinen Ausweg mehr zu geben für das Blümchen. Aber Mauerblümchen sind zäh. Diese kleinen, unscheinbaren Pflänzchen sind an Entbehrungen und Kargheit gewöhnt. Gerade ihre Anspruchslosigkeit ist ihre Stärke und lässt sie durchhalten. Millimeter um Millimeter stellte es sich in den schützenden Schatten. Vollkommen unbemerkt. Dort benötigte es keine rosarote Brille mehr. Im Schatten sieht man ohnehin keine rotgeschwollenen Augen, aber auch keine stahlblauen. Im Schattenreich regiert die kleine Schwester der Finsternis. Die Augen gewöhnen sich an die Dunkelheit und nehmen mit der Zeit Umrisse wahr. Konturen schärfen sich, treten paradoxerweise besser hervor als im grellen Licht. Die rosarote Brille linderte nicht mehr. Sie hatte ihre Drecksarbeit erledigt, die Dinge ins unrechte Licht zu rücken. Eine Brille, die blendete, statt zu klären und zu schützen. Wer im Dunkeln nicht mehr viel sieht, kann endlich einen schärferen Verstand entwickeln. Gab es eine Lösung? Ja, eine endgültige. Wenn auch eine aus Verzweiflung und der Not heraus. Mein Retter starrte mich mit weit aufgerissenen stahlblauen Augen an. Als könne er nicht glauben, was geschah. Das Mauerblümchen verharrte zunächst in Mitleid, denn er war doch zu Beginn so rührend gewesen. Dann aber fiel alles ab, alle Anspannung, alle Verkrampfung. Das Mauerblümchen hatte keine Tränen mehr, es war leergeweint. Notwehrgesetze gelten hierzulande auch für Mauerblümchen. Es muss seine rotgeschwollenen Augen herzeigen und begutachten lassen. Beweisen, dass die rosarote Brille kaputt ist, weil er auf sie trat. Versuchen zu erklären, warum salzhaltiges Wasser auf Dauer tötet. Das Mauerblümchen muss dafür sorgen, dass jeder den Kopf schüttelt und die Hände über denselben zusammenschlägt mit den Worten: »Wie kann man nur jahrelang solch eine rosarote Brille aufhaben?« Dann kann das Mauerblümchen endlich frei sein und die zertretene rosarote Brille im hintersten Winkel seiner Seele verstecken.

Tanzen

Absolute Konzentration. Es zählen nur noch die Choreographie, die Einsätze und die Musik. Diese wunderschöne Musik, die alles trägt, die alles spricht, was Worte niemals auszudrücken vermögen. Die Innigkeit eines Pas de deux aus Tschaikowskys Schwanensee. Dazu Bewegung, Ausdruck und diese unglaubliche Leichtigkeit. Wenn alles fließt, wenn es ganz einfach daherkommt, dann ist es richtig. Dann ist Tanzen Perfektion.

Anna Alexandrowa weiß das. Sie ist die Primaballerina am Ballet de l'Opéra de Paris. Und sie gehört zu den Besten.

Nicht, weil sie die Begabteste gewesen wäre. In Moskau, wo sie geboren und aufgewachsen ist, waren damals viele kleine Mädchen gelenkiger und dünner als sie. Aber Anna hatte den größten Ehrgeiz. Sie war immer am längsten im Training, hatte geprobt, bis jede Figur, jede noch so kleine Bewegung perfekt war, hatte sich ihre Klasse erarbeitet. Und sie hat es geschafft. Zusammen mit Igor, dem »Premier danseur étoile«, gehört sie zu den Besten an der Pariser Oper. Wenn Journalisten sie als den neuen Tanzstar am Opernhimmel in Interviews fragen, was ihr mehr bedeute, das Tanzen oder Igor, lacht sie stets gewinnend und antwortet mit einem charmanten russischen Akzent: »Mein tanzender Ehemann.«

Draußen ist es Frühling. Frühling in Paris. Die Bäume in den Parkanlagen rund um den Eiffelturm blühen verschwenderisch schön in einem zarten Rosa. Alle Menschen auf den Straßen scheinen guter Laune nach dem langen, kalten Winter. Auch Anna lächelt. Sie freut sich sogar auf die Probe und das, obwohl der strenge Ballettmeister für heute einen ganzen Durchgang angekündigt hat. In der Probenpause sitzt Anna auf ihrer Kuscheldecke und massiert sich die rot lackierten Zehen. Jede Ballerina hat irgendwelche Mittelchen, Cremes und Massagetechniken, auf die sie schwört, um die geschundenen Füße bei Laune zu halten.

Sie summt vergnügt die Melodie des Schwanensee vor sich hin, denn gleich kommt Igor. Er tanzt die männliche Hauptrolle, und es wird das erste Mal sein, dass sie zusammen auf der Bühne stehen. Ein Traum geht in Erfüllung. Das ist schon fast ein bisschen zu kitschig, wie die rosaroten Bäume heute Morgen am Eiffelturm. Anna muss regelrecht kichern. Der Ballettmeister klatscht in die Hände und holt sie in die Wirklichkeit zurück. »Auf, auf, weiter geht's. Wir üben noch einmal die Schlusstakte der letzten Szene. Bis dahin dürfte Herr Alexandrow auch hier sein.« Nach einer halben Stunde ist Igor Alexandrow immer noch nicht da. Dafür betritt die Polizei mit ernstem Gesicht den Ballettsaal.

Er hätte keine Chance gehabt, der Aufprall wäre zu heftig gewesen. Er sei noch an Ort und Stelle seinen schweren inneren Verletzungen erlegen. Anna sinkt ohnmächtig zu Boden. Sie wacht in der Garderobe auf, hört wie durch einen riesigen Wattebausch hindurch hektische Stimmen und beruhigende Worte. Anna ist verwirrt. Wo ist sie? Was ist geschehen? Warum liegt sie hier, in der Garderobe des Ballettsaals, und neben ihr steht ein Infusionsständer, dessen Schlauch mit einer Nadel in ihrer Hand endet? Hatte sie einen Unfall? Sie richtet sich auf, kämpft mit Schwindel und Übelkeit. Allmählich dämmert Anna, was geschehen sein muss. Nicht sie hatte einen Unfall, es war – halt nein! Das kann nicht sein, es darf nicht sein. Igor! Wo ist Igor? Anna will laut rufen, sie will schreien: »Igor, mein Igor, hol mich hier raus.« Sie will keine Beruhigungsmittel. Sie will mit Igor alleine sein. Anna versucht, sich die Nadel aus der Hand zu reißen, bleibt am Klebeband hängen, zetert laut, lehnt sich an die Wand, schließt die Augen und fällt erschöpft und schluchzend in sich zusammen. »Ich möchte nicht als herzlos gelten, doch die Zeit drängt«, holt eine sachliche Stimme sie ins Hier und Jetzt zurück. Anna hebt den Kopf und starrt mit weit aufgerissenen Augen die Gestalt an, die wie aus dem Nichts vor ihr in der Garderobe steht. Es ist eine Dame mittleren Alters, die sie noch nie im Ballettsaal gesehen hat. Sie ist mittelgroß, nicht unbedingt das, was man gertenschlank nennt, trägt dunkle Hosen und einen geschickt geschnittenen Blazer, der das Hüftgold perfekt kaschiert. Anna blickt reglos mit offenem Mund auf diese Dame, unfähig, irgendetwas zu sagen oder zu tun. Und da sie fest davon überzeugt ist zu träumen, wartet sie schier atemlos darauf, endlich aufzuwachen. Dann beginnt die Dame mit dem Reden.

»Anna, warten Sie nicht aufs Aufwachen. Wacher als Sie kann man nicht sein.« Annas Augen verengen sich. Was ist los? Was erzählt die? Ich kann gar nicht wach sein, ich muss träumen, wie sonst kann man so eine absurde Situation erklären? Und wer ist die überhaupt? Die Dame scheint Gedanken lesen zu können. Sie zieht noch einmal hörbar Luft durch die Nase. »Gut, Sie scheinen sich beruhigt zu haben. Dann fange ich noch einmal an. Konzentrieren Sie sich jetzt genau, wir haben nur wenige Minuten Zeit.« Anna sitzt nun kerzengerade und sieht der Dame direkt in die Augen. »Mein Name ist Angela, zermartern Sie sich besser nicht Ihr Gehirn, woher Sie mich kennen könnten, das spielt jetzt nämlich überhaupt keine Rolle. Ich komme von ganz oben, das muss als Erklärung reichen. Ich bin eine, nennen wir es mal ›Vergangenheitsregulatorin‹. Ja, ich glaube, das trifft es am besten«, meint Angela und nickt selbstzufrieden vor sich hin. »In bestimmten Fällen habe ich die Macht, den Verlauf eines Ereignisses im Nachhinein grundlegend zu ändern. Erforderlich ist jedoch eines: Das Einverständnis der am meisten betroffenen Person. Und in diesem aktuellen Geschehen sind das wohl Sie.« Anna schüttelt wie in Trance den Kopf und sagt erst einmal nichts. Frau Angela zieht deutlich eine Augenbraue hoch und scheint nicht zufrieden. »Anna, so geht das nicht. Wir haben kaum noch Zeit. Ich kann Ihnen jetzt sofort einen Tausch anbieten, aber wenn wir erst ausführlich alle Formalitäten klären müssen, kann auch ich nichts mehr ändern. Dann ist es zu spät.« Angela verschränkt die Arme vor ihrer Brust und sieht Anna mit leicht nach unten gezogenen Mundwinkeln an.

Endlich erwacht Anna aus ihrer Starre. »Für was wäre es zu spät?«

»Für Igor. Wenn ich in den nächsten Minuten keine Entscheidung von Ihnen bekomme, kann ich den Tausch nicht einleiten.«

Annas Augen ziehen sich misstrauisch zusammen. »Welchen Tausch?«

»Igor ist tot. Das hat Ihnen die Polizei mitgeteilt und daraufhin sind Sie ohnmächtig geworden und wurden hier erstversorgt. Hinter dieser Garderobentür«, Angela holt mit ihrem rechten Arm aus und zeigt in Richtung Tür, »ist gerade die Hölle los. Polizisten, Ihr Ballettmeister, Ihre Tanzkolleginnen und natürlich Rettungssanitäter und Ärztinnen, alle reden und handeln. Im Fachjargon nennen wir das ›die Maschinerie läuft an‹. Ja, und gleich kommt der Bestatter.« Beim Wort

»Bestatter« zuckt Anna heftig zusammen. Anscheinend befürchtet Angela einen erneuten Heulkrampf, denn sie fährt schnell fort. »Ich kann Ihnen einen Tausch anbieten. Ich kann die Unfallphase noch einmal austauschen und Igor wird überleben.«

Anna ist vollkommen perplex. Was sagt die da? Ein Tausch und Igor lebt? Das kann nur ein Traum sein, ein schöner Traum, der gleich grausam zerplatzt. »Was müsste ich bei diesem Tausch geben?«, fragt Anna.

»Nichts!«

»Nichts? Igor überlebt und ich müsste nichts tun, nicht bezahlen? Das gibt es doch gar nicht, Sie erzählen mir eine komplett schwachsinnige Story. Es ist eine Unvers...«, weiter kommt Anna nicht, denn Angela steht bereits an der Tür.

»Hu, das ist mir zu viel. Ich kann ja verstehen, dass Sie verwirrt sind und mit den Nerven am Ende, aber beleidigen lassen muss ich mich auch von Ihnen nicht, ich will nur helfen. Und ich dachte, dass es sich in diesem Falle lohnt, sonst wäre ich gar nicht erst gekommen. Da habe ich mich wohl gründlich getäuscht. Das hat man nun von seiner Gutmütigkeit.«

Angela ist allem Anschein nach beleidigt, öffnet bereits die Tür, und als Anna das Stimmengewirr und die Hektik vernimmt, die sich durch den Türspalt in die Garderobe hineinquetschen, um sich unheilvoll breitzumachen, will Anna plötzlich mit aller Macht, dass Angela bleibt.

»Halt! Bleiben Sie bitte, bitte. Was meinten Sie eben, dass sich Ihre Hilfe in diesem Falle lohnen würde?«

Augenblicklich versöhnt schließt Angela wieder die Tür.

»Sie und Igor waren ein solch inniges und liebevolles Paar. Nicht nur diese große Verliebtheit, das haben zu Beginn fast alle Paare. Sie beide waren immer besonders. Deshalb sollten Sie noch nicht auf ewig getrennt werden. Es kostet mich viel Kraft, glauben Sie mir das. Aber mein Tauschangebot steht: Ich tausche die kurze Zeit zwischen Leben und Tod zugunsten von Igors Leben. Sie müssen das nur wollen, und schon geschieht es.«

»Und ich muss wirklich gar nichts tun?«

»Nichts, mein Kind, Sie können gar nichts tun. Genau das ist es. Ich tausche Tod gegen Leben und Sie müssen alles so nehmen, wie es kommt.«

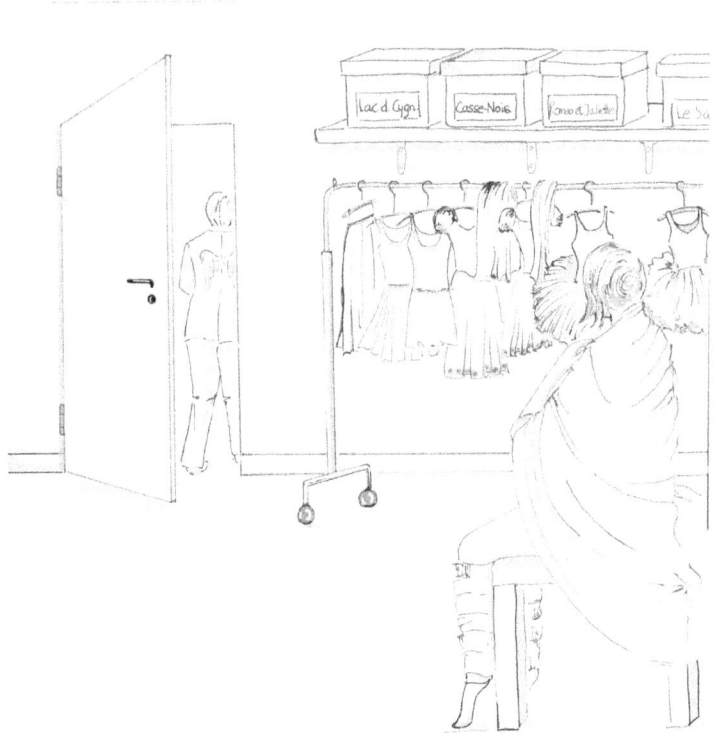

Anna schüttelt verwundert den Kopf, aber ihre Stimme klingt fest, fast feierlich. »Gut, vielleicht sind Sie eine Hexe oder ein Scharlatan. Vielleicht träume ich auch alles nur, weil ich irgendwelche Beruhigungsmittel intus habe. Ich habe nichts zu verlieren. Im Gegenteil. Ich habe bereits alles verloren. Ich kann nur gewinnen. Ja, ich tausche.« Dabei betont sie das »Ja« so feierlich wie ihr Ehegelöbnis zur Hochzeit.

Angelas Augen hellen sich zum ersten Mal auf. »Eine gute Entscheidung. Leben Sie wohl!« Und damit dreht sie sich um und geht endgültig zur Tür hinaus.

Anna starrt ihr hinterher. Sind da wirklich zwei winzige Flügel auf ihrem Blazer?

Die Tür wird aufgerissen und Annas Freundin stürmt in die Garderobe. »Anna, Annalein, Igor lebt, stell dir vor, die Ärzte haben ihn zurückgeholt. Er lebt, Anna. Igor lebt!« Sie fällt Anna um den Hals und beide weinen vor Freude und Dankbarkeit.

Draußen toben die Blätter im Herbstwind. Als einige davon ins Zimmer wehen, schließt Anna die Terrassentür. Die Blätter tanzen im Garten unbeirrt weiter und Anna sieht ihnen noch eine Weile nach. Das Seufzen, das aus der Ecke kommt, in der ein modernes Pflegebett mit elektrischer Höhenverstellung steht, holt sie wieder zurück. »Igor, mein Liebster, Essenszeit.« Mit geübten Handgriffen befestigt Anna den Beutel mit künstlicher Ernährung an einem Infusionsständer, dessen Schlauch direkt in den Magen-Darm-Trakt führt. Währenddessen erzählt Anna vom Herbst draußen, den bunten Blättern und dass morgen die Winterkartoffeln zum Einkellern kommen. Anna tupft Igor mit einem zarten Tuch übers Gesicht, das noch immer ebenmäßige Züge hat. Er zeigt keinerlei Reaktion. Manchmal schaut er sie an oder durch sie durch. Dann fragt sich Anna, ob er sie überhaupt erkennt. Nach dem Unfall war Anna einfach nur glücklich und voller Demut, dass ihr geliebter Igor überlebte. Und obwohl die Ärzte sie niemals im Unklaren darüber gelassen hatten, dass er ein schwerer Pflegefall bliebe, war sie dankbar. Er lebte, und das war alles, was zählt. Insgeheim hatte Anna natürlich gehofft, dass sich Igors Zustand bessern würde. Sie war bereit, alles für ihn zu tun, ihn zu pflegen und sogar das Tanzen aufzugeben. Am Anfang erschien ihr das durchaus logisch, denn Igor konnte nicht mehr tanzen, also würde sie es auch nicht mehr wollen. Aber aus den Wochen wurden Monate und aus den Monaten

Jahre. Das volle Glück darüber, dass Igor überlebte, wich einer leeren Hoffnungslosigkeit. Wann hatten sie je darüber gesprochen, was sie machen würden, wenn sie alt wären? Anna versucht, sich daran zu erinnern. Hatte er nicht gesagt, dass er niemals ein Pflegefall sein wolle? War der Tausch in der Garderobe damals eine falsche, eine egoistische Entscheidung gewesen? Anna sitzt an Igors Pflegebett, hält seine schlaffe Hand und starrt an der lebenserhaltenden Maschine vorbei zu den immer noch tanzenden Blättern im Garten, auf den sich die beginnende Dämmerung legt.

Grundsatzdiskussion

Zärtlich streichen seine Finger über ein riesiges Ei aus grüner Keramik. Die Oberfläche besteht, wie bei einem Golfball, aus kleinen ebenmäßigen Dellen. Das Ei lässt sich öffnen und innen funkelt ihm eine dunkle Beschichtung perlartig entgegen. Normalerweise wird so eine Beschichtung nur bei der NASA verwendet. Und eben beim »BIG GREEN EGG XLARGE«. Mit diesem neuartigen, revolutionären Grill kann man(n) smoken, roasten, baken und grillen. Es erhitzt sich in weniger als fünfzehn Minuten und bereitet die Speisen so zu, dass der volle Eiweiß- und natürlich auch Vitamingehalt erhalten bleiben. Die Oberfläche ist antihaftend, das bedeutet, dass nach dem T-Bone-Steak mit einem kurzen Wisch der Fleischsaft mit der Spezialmetallbürste (Zubehörteilnr. 53b/2) gänzlich vom Rost entfernt werden kann. Mit nur einem Wisch. Das muss man sich mal vorstellen. Danach kann jeder Vegetarier problemlos und glücklich seine Seitanwürstchen samt Gemüse grillen, ohne nicht doch »durch die Hintertür« Fleischliches zu sich zu nehmen. Es ist eine Revolution. Und er ist deren Anführer, am »GREEN EGG«. Glücklich schmatzend dreht er sich um. Und dann sein Geburtstag. Natürlich gibt es eine große Grillparty in ihrem Garten. Das Wetter ist super, der Garten ist wunderschön mit Girlanden und Lichterketten dekoriert. Die Getränke liegen in einer pittoresken alten Zinkwanne unter Eisbrocken begraben, alle sind gut gelaunt, und das Beste ist, dass es, wieder einmal, ausgezeichnet schmeckt. Er lässt sich bejubeln, prostet seinen Gästen mit einem kalten Bier zu und freut sich auf die Geschenke. Er weiß, dass sie alle zusammengelegt haben.

Bestimmt bekommt er gleich eine selbstgebastelte Karte – Sabine kann das wie keine Zweite – mit allen Unterschriften und der Ankündigung, dass das »EGG«, wie er es in Gedanken liebevoll nennt, bald geliefert wird. Und dann wird er es aufbauen. Das wird wie früher, an Weihnachten. Selig träumt er weiter von seinem allergrößten Herzenswunsch, dem »EGG«.

»Thomas? Thomas, aufwachen, hast du deinen Wecker nicht gehört? Komm, wir müssen noch einkaufen, für die Grillparty morgen, du weißt doch, dein Gebuhurtstaag«, singt Sabine fröhlich.

Er steht auf, tapst in die Küche, um sich schlaftrunken einen Kaffee zu holen, geht noch einmal zurück, weil er nicht glaubt, was er eben aus den Augenwinkeln gesehen hat.

Sabine betritt die Küche. »Da staunst du, was? Wir haben alle zusammengelegt, eigentlich wäre er ja erst für morgen, ich weiß. Aber wir brauchen ihn jetzt schon, damit kann man nämlich super Desserts vorbereiten und manche müssen ja vierundzwanzig Stunden in die Kühlung. Das wird der Hammer, sag ich dir, und dazu deine Grillspezialitäten ...« Sie redet und redet. Und er glaubt nicht, was er da sieht. Den funkelnagelneuen Thermomix.

Sabine ist auch nach einer zweistündigen Diskussion, unter Androhung von Konsequenzen, nicht dazu bereit, den Thermomix gegen das EGG zu tauschen.

Ziegenkäse gefällig?

»Hey, das gibt's ja nicht! Manuel?« Larissa stand mitten auf dem Marktplatz und starrte auf den Menschen, der sie eben mit seinem Fahrradlenker gerammt hatte und ihr entschuldigend über den Arm strich. »Du bist es wirklich, oder?« Ungläubig schüttelte sie den Kopf und zwirbelte eine blonde Strähne zwischen ihren Fingern. Die Miene des Fahrradfahrers hellte sich auf und ein Lächeln, welches sie in ihrer Jugend extrem genossen hatte, kam ihr entgegen.

Hektisch lehnte er sein Rad an den Marktbrunnen. »Mensch, Larissa!« Ungestüm fiel er ihr um den Hals und drückte sie an sich. »Manchmal sieht man sich eben zweimal im Leben.«

Ein wohliger Schauer lief ihr über den Rücken. Seine Umarmung überraschte sie, dennoch hatte sie keine Ambition, sich aus ihr zu befreien.

»Das ist ja eine Ewigkeit her, dass ...« Manuel verstummte abrupt.

Larissa atmete tief durch. Es verpasste ihr einen Stich im Herzen. Doch dann beendete sie seinen Satz. »... ich dir den Laufpass gegeben habe. Tut mir leid.« Manuel ließ sie los und winkte theatralisch ab. »Alles Schnee von gestern. Ich bin ja inzwischen bestens versorgt.« Larissas Augenbrauen rutschten nach oben.

»Bin jetzt mit Sandra zusammen. Schon ewig.« »Oh«, entfuhr es ihr. »Seid ihr verheiratet?«

Sein Mund verzog sich und er schaute zu Boden. »Sandra hat's damit nicht so. Hat meinen Heiratsantrag abgelehnt. Meinte, sie hätte keine Lust darauf, Kinder zu hüten. Ihr reicht es, wie es ist.«

Ein weiteres »Oh« entfuhr ihr.

»Wie ist es bei dir?«, fragte er so schnell nach, als wolle er sie nicht zu Wort kommen lassen.

Larissa rieb sich über die Schläfe. »Eduard. Mein Dauerverlobter. Ich frage mich, ob ich in zwanzig Jahren immer noch darauf warte, dass er den nächsten Schritt angeht und mir einen Heiratsantrag macht.« Sie zuckte mit den Schultern, als wäre es ihr nicht besonders wichtig. Nun war es Manuel, der »Oh« sagte und das in seiner tiefen Bassstimme, die ihr so vertraut erschien und ihr den nächsten behaglichen Schauer über den Rücken jagte.

»Vielleicht sollten wir mal wieder tauschen, wie damals unser Essen«, platzte Manuel mit einem ausgelassenen Lachen heraus.

Larissa riss dieses sofort mit sich und die angenehme Erinnerung überrollte sie, als wäre es erst gestern gewesen, dass sie beim Italiener einen Salat bestellt und mit seinen Spaghetti getauscht hatte. Und das alles wegen des von ihr verhassten Ziegenkäses. Erst später, nachdem sie ihre Telefonnummern ausgetauscht hatten und jeder seinen eigenen Weg fortsetzte, war ihr, als justierten sich die Weichen in ihrem Leben neu. Diese Begegnung kam ihr wie ein Orakel vor.

Am Abend saß sie auf dem Sofa und tippte auf dem Handy herum. Kurz darauf schickte sie Manuel eine Nachricht mit Uhrzeit und Adresse des Treffpunktes. Sie hatte ihm ein Wiedergutmachungsessen vorgeschlagen, allerdings nicht nur für sie beide, sondern mit ihren Partnern. Den Köder, dass sie ihm einen alten Schulfreund und seine Freundin vorstellen wolle, hatte Eduard gefressen.

Larissa und ihr Dauerverlobter betraten am nächsten Wochenende ein paar Minuten zu früh das Lokal. Ihr übliches und eingespieltes Vorgehen, wenn sie für die Organisation zuständig waren. Das »Stammlokal« war eines dieser »In-Restaurants«, bewusst auf ungezwungen gestaltet, dennoch durchaus gehoben, sowohl in der Küche als auch im Preis.

Der reservierte Platz erwies sich als ein angenehmes Eckchen, das mit einigem Holz eingerichtet war, was der Sitznische ein gemütliches Ambiente verlieh. Dennoch mutete es nicht kitschig-almromantisch an. Genau passend für diesen Abend.

»Ich hab vielleicht einen Hunger. Außer meinem morgendlichen Smoothie habe ich heute nichts gegessen. Hab mich bewusst zurückgehalten.« Eduard rieb seine Handflächen aneinander.

Larissa biss sich auf die Lippen. Er sagte ihr vor Jahren, dass es eine Gewohnheit sei, weil seine Mutter früher darauf bestanden hatte, vor den Mahlzeiten zu beten. Sie hasste diese Geste, obgleich sie sich bemühte, sie zu übersehen, was ihr nur leidlich gelang.

»Hoffentlich kommen sie pünktlich, ich habe echt einen Bärenhunger.«

Der Ober reichte Eduard die Menükarte. Er schlug sie sofort auf.

»Du hättest ja heute Mittag etwas Kleines essen können«, zischte Larissa, ohne den Blick von ihrer eigenen Karte zu nehmen.

»Auf gar keinen Fall, heute will ich unbedingt dieses Riesensteak essen, das 400-Gramm Porterhouse. Da brauche ich Reserven.« Er rieb sich lachend über seinen nicht vorhandenen Bauch.

Beim Wort »Riesensteak« rümpfte sie ihre Nase und versuchte sich mit einem mechanischen Lächeln. »Mach das, dann müssen wir morgen nicht unbedingt ein Cordon Bleu zubereiten. Mir wäre etwas mit Gemüse sowieso lieber.«

»Auf keinen Fall«, protestierte Eduard, »ich habe das Fleisch schon beim Metzger bestellt. Du kannst von mir aus jetzt dein Gemüse mümmeln.« Er schüttelte missbilligend den Kopf.

Larissa übte sich in geduldigen Gesichtszügen. »Aber Schatz, ich dachte, wir wollten nicht mehr so viel Fleisch essen, da waren wir uns einig. Mindestens drei fleischfreie Tage in der Woche«, insistierte sie und hob den Zeigefinger.

»Kommt jetzt wieder deine Lehrerinnen-Nummer?« Er

zeigte ihr seine Zähne. »Du bist nicht mal eine. Nur Kindergärtnerin.«

Larissas Kiefer knirschte, doch sie schaffte es, angeregt die Karte zu studieren. Eduard ahmte sie nach.

Da ging die Tür auf. Sandra und Manuel betraten unter lautem Hallo das Restaurant, weil sie gleich am Eingangstisch Bekannte trafen, die ihrerseits sofort von den Plätzen aufsprangen, um die beiden herzlich zu begrüßen, zu umarmen und mit ihnen zu plaudern. Manuel entdeckte Larissa kurze Zeit später und zwinkerte ihr zu. Freudig erwiderte sie den Gruß. Eduards Mund verzog sich indes zu einem Strich.

Larissa schnaubte. »Jetzt schau bitte nicht, als ob du eine riesige Steuernachzahlung bekommen hättest.«

»Da kommen die schon so spät und dann quatschen die eine Ewigkeit mit den anderen Deppen. Das ist doch unmöglich. Ich habe Kohldampf. Gibt's eigentlich Brot?« Eduard zischte es halblaut in Richtung des Obers, der eben elegant vorbeitänzelte.

»Brot kommt sofort«, trällerte der Kellner mit professionell freundlicher Miene.

Manuel und Sandra verabschiedeten sich endlich von ihren Bekannten und kamen zu ihnen herüber.

»Schön, dass ihr da seid«, sagte sie enthusiastisch und stand auf, um Manuel herzlich und Sandra höflich zu umarmen. »Ich bin Larissa und das ist Edy.« Der Vorgestellte blieb trotzig sitzen.

»Ach, da seid ihr ja endlich, akademische Viertelstunde, was?« Sie sog die Luft durch die Zähne. Es lag auf der Hand, dass Edes Bemerkung nicht ironisch gemeint war.

»Sorry«, redete Sandra gestikulierend drauflos. Ihre Locken wippten bei jeder Handbewegung. »Der Manu kam mal wieder nicht pünktlich von der Arbeit nach Hause. Wir haben uns extra sooo beeilt. Ich hoffe, ihr seid noch nicht verhungert.« Sie kicherte und wischte sich eine lockige Strähne aus dem Gesicht.

Manuel klopfte Eduard beherzt auf die Schulter. »Schön,

dass wir uns kennenlernen.« Er nickte und hob sparsam seine Mundwinkel.

Larissa schnappte alarmiert nach Luft. Ihr war klar, dass Ede dieses »Angefasse«, wie er es immer nannte, hasste. Stets betonte er, dass die Pandemie durchaus ihr Gutes gehabt hätte, weil das Händeschütteln und sich um den Hals fallen verpönt waren.

»Kannst du etwas empfehlen?«, fragte Manuel ausgelassen, und alle setzten sich an den Tisch.

»Ich nehme das Porterhouse, das ist exzellent.« Eduard schnalzte mit der Zunge und hob bestätigend seinen rechten Daumen in die Luft.

»Ah ja, glaub ich dir«, nuschelte Manuel, starrte dennoch unablässig in die Karte. »Wir essen nicht mehr so viel Fleisch.«

Sandra strahlte ihn an. »Ja, genau, und ich finde es super, dass sich mein Manu so daran hält.«

Larissa verkniff sich eine Bemerkung, bedachte Eduard mit ihrem »Na-was-hab-ich-dir-gesagt«-Blick. Er zuckte mit den Schultern.

Der Ober brachte ein kleines Brotkörbchen. »Oh, das ist ja überschaubar, da können Sie gleich noch mal eins bringen.« Eduard zog das Körbchen an sich, griff sich zwei Scheiben und biss herzhaft in eine hinein. Sandras Locken wackelten, ihre Augen weiteten sich. Larissa verbiss sich ein Grinsen, als Eduard sich dadurch offenbar genötigt fühlte, seinem Gegenüber das Brotkörbchen unter die Nase zu halten. Doch Sandra wedelte sofort mit den Händen ab, als hätte er ihr etwas Giftiges angeboten. »Um diese Zeit esse ich keine Kohlehydrate mehr, das ist ja eine Todsünde.« Larissa setzte triumphierend ihren »Na-siehst-du«-Blick auf. »Entschuldige, ich dachte, dass nur so etwas wie Mord eine Todsünde sei, oder Verrat. Wenn jetzt Kohlehydrate auch dazu zählen, uh, dann brauch ich dringend einen Anwalt.« Laut lachend ließ er sich in seinem Stuhl nach hinten fallen und hob siegessicher den Kopf.

Sandras Miene zeigte Kampfeslust. »Nimmst du immer alles gleich so persönlich?«

Schnell ging Larissa dazwischen. »Ich glaube, wir brauchen jetzt erst einmal etwas zum Anstoßen, was meint ihr?« Ihre Stimme überschlug sich fast.

Eduards Hand schnellte an die Stirn und salutierte. »Aye, Aye, Ma'am«, er nahm eine stramme Sitzhaltung an, »Ma'am, ich schlage ein Bier vor, Ma'am.« Er ahmte die Stimme eines Untergebenen bei der Armee nach.

Larissa stieg die Hitze ins Gesicht. »Ach, trink doch, was du willst«, sagte sie genervt. Sie hasste es, wenn er angetrunken ins Bett stieg und deshalb die halbe Nacht schnarchte.

Ihr gegenüber gurrte Manuel in Sandras Richtung. »Schatz, willst du etwas trinken? Ich kann heimfahren, du musst es nur sagen.«

Sandra winkte galant ab. »Willst du nicht lieber ein Bier mittrinken? Ich kann auch gerne fahren, ich brauch nicht immer Alkohol.« Dabei zwinkerte sie nicht ihrem Freund, sondern Eduard zu.

»Bist du eigentlich Vegetarierin?«, fragte Ede direkt, als ob davon der weitere Verlauf des Abends abhinge, und schien damit ihre flirtende Geste zu übergehen.

»Nenn es lieber Flexitarierin.«

Edes Gesichtszüge entglitten.

»Ich esse Fleisch, aber extrem selten und wenn, dann nur vom Bauernhof um die Ecke.«

Süffisant grinsend stellte Larissa fest, dass Sandra ihm eine echte Sparringspartnerin war.

»Ich denke ja, dass dieser teure Schuppen hier seine Rindsviecher zu Tode streichelt. Das ist im Preis quasi mit inbegriffen.«

Sandra hielt seinem Blick stand und parierte: »Na, wenn das so ist: Guten Appetit.«

Larissa wagte einen Blick zu Manuel, sah aber gleich wieder zu Ede. Sie fragte sich, warum er dermaßen provokant drauf war. Merkte er etwas? Oder lag es schlicht daran, dass er Hunger hatte?

Manuel schien sich hochkonzentriert der Karte zu widmen

und bemerkte ihre Blicke nicht. »Ich nehme den Linsensalat zur Vorspeise und das ›Frutti di Bosco Menu‹ als Hauptgericht.«

Sandra tätschelte überschwänglich seine Hand. »Schatz, das ist toll, lass uns heute doch einen fleischfreien Abend machen. Ausnahmsweise esse ich ein paar Kohlehydrate und nehme die Maultaschen mit Blattspinatfüllung. Dann könnten wir tauschen, was meinst du?«

Manuel nickte eifrig, und Larissas Magen zog sich augenblicklich zusammen. Das war damals ihr Ritual!

Ede posaunte ungehalten hervor, dass sie ihn ebenfalls ständig dazu nötigte, die Gerichte zu tauschen. »Aber nicht mit mir! Jeder muss selbst essen, was er bestellt.«

Sandra lächelte überheblich. »Wenn man ewig und drei Tage das Gleiche essen will, kann man das so machen.« Wieder tätschelte sie Manuel die Hand. »Wir dagegen bevorzugen Vielfalt. und ich habe meinen Manu einfach gut erzogen, nicht wahr, Schatz?« Sie hakte sich bei ihrem Freund unter, als ob sie gleich schunkeln wollte.

Larissa entfuhr ein Seufzer. Was für ein Zirkus. Dann registrierte sie, dass sich Manu sachte dem Schunkelgriff seiner Freundin entzog.

»Die Herrschaften wünschen?«, fragte der Ober und stellte sich zu ihnen.

»Also ich nehme ein Bier, was habt ihr denn da?« Eduard rieb sich erneut die Hände. »Und meine Süße darf trinken, was sie will«, flötete er. »Wir sind zu Fuß gekommen.«

Larissas Augen verengten sich. Finster blitzte sie Eduard an, weil sie ahnte, welcher Spruch kommen würde.

»Und wenn wir mit dem Auto hier wären, dürfte sie trotzdem was trinken, sie fährt nämlich bei Nacht noch schlechter als tagsüber. Da ist es dann schon egal.« Eduard kicherte über seinen eigenen »Witz des Jahrhunderts«. Er hielt sich den Bauch vor Lachen und Tränen liefen ihm die Wangen hinunter. Glucksend brachte er hervor: »Sorry, Süße, das musste jetzt einfach raus.«

Manuels Mundwinkel zuckten bedauernd.

»Worauf hätte die Dame denn Appetit?« Der Ober neigte den Kopf, um ihre Bestellung entgegenzunehmen.

»Ich, ach, ich weiß nicht, das klingt alles so köstlich.« Ratlos blätterte Larissa in der Karte.

»Nimm doch das Rib-Eye-Steak, dann würde ich heute tatsächlich den Teller mit dir tauschen.« Ede lachte aufgekratzt.

»Ich will aber kein Fleisch, und seit wann tauschst du überhaupt mit mir?« Larissas Ton fiel deutlich angesäuert aus.

Manuel lächelte besänftigend zu ihr herüber. »Jeder kann bestellen, was er will.«

Larissa wählte den großen Salatteller mit Ziegenkäse, obwohl sie den immer noch nicht ausstehen konnte. Trotzig nahm sie einen Schluck von ihrer Weißweinschorle und blinzelte Eduard an, die Lippen aufeinandergepresst.

Der hob abwehrend seine Hände. »Keine Sorge, jetzt tausche ich ganz sicher nicht mehr mit dir.« Erneut lachte er über seinen eigenen Witz.

»Ich bin übrigens Fachverkäuferin«, posaunte Sandra in

die unangenehme Stimmung hinein und schmunzelte dabei Ede an.

»Was verkaufst du denn?«, fragte Eduard prompt nach.

»Waffen«, schoss sie ihre Antwort heraus und lächelte vielsagend. »Ich bin Fachverkäuferin für Jagd- und Outdoorbekleidung und die ganzen sonstigen Artikel, inklusive Waffen.«

Eduard richtete sich auf. »Ja, echt jetzt? Verkaufst du die nur oder kennst du dich richtig aus? Ich meine, so als Frau ...«

Sandra platzte mit einem »Peng, peng« heraus und formte dabei mit ihren Händen ein Gewehr. »Treffer!«

»Nicht so laut«, beschwichtigte Manuel seine Freundin und zog den Kopf ein. »Jetzt ist aber gut.«

Larissa nickte ihm zu. Sandras Getue regte sie auf.

»Lass mich halt!« Zornig leerte Sandra ihre Weinschorle. »Herr Ober, bitte noch mal Wein, und dieses Mal ohne Wasser.«

Sie schüttelte ihre dunkle Lockenpracht und beugte sich zu Ede hinüber. »Ich bin Büchsenmachermeisterin, falls dir der Begriff etwas sagt.«

»Klar, du stellst Gewehre her. Krass, ich meine, dass das auch Frauen machen dürfen.« Eduard klang ehrlich begeistert.

In Larissa brodelte es. »Was soll diese blöde Bemerkung? Glaubst du, dass Frauen so etwas nicht können? Was ist denn mit dir los?«

Manuel nickte beipflichtend, was Eduard nicht zu gefallen schien.

»Ich rede überhaupt nicht mit dir. Du kannst ja noch nicht mal schießen. Du bist doch bloß Kindergärtnerin.« Er griff nach seinem Bier, leerte es, um sich gleich ein neues zu bestellen.

Larissa schossen die Tränen in die Augen. »Sag mal. Wie bist du denn drauf?«, entrüstete sie sich. »Erzieherin ist ein total anstrengender Beruf.« Tapfer verkniff sie sich das Weinen und streckte ihren Rücken durch.

»Einmal Linsensalat«, sagte der Ober und stellte den Teller

vor Manuel ab. Eduard bekam sein Carpaccio, welches er noch kurzfristig als Vorspeise bestellt hatte.

»Warum arbeitest du nicht als Büchsenmacherin?«, fragte er und säbelte, ohne hinzusehen, auf seinem Teller herum. Dabei musterte er Sandra von Kopf bis Dekolleté.

Larissa betrachtete derweil Manuel, der sich jede Linse einzeln auf die Gabel schob. Es war ihm anzusehen, dass er ebenfalls absichtlich weghörte. Sie verfiel in nachdenkliches Schweigen, schaute von Manuel zu Eduard und wieder zurück. Den direkten Vergleich von Eduard und Manuel gewann eindeutig Manu, obwohl Ede besser aussah. Ein Mann mit Machoallüren eben. Warum hatte sie diese stets hingenommen? Ihr Blick fiel verstohlen auf Manuel. Damals war er eine stabile Konstante in ihrem Leben. Nett und hilfsbereit. Er sah liebenswert aus und nicht so machomäßig. Hatte er früher schon so eine angenehme Bassstimme?

Der Ober riss sie aus den Gedanken, als er ihren Teller vor sie stellte. Sie hatte absolut keine Lust auf ihren Salat. Der Ziegenkäse thronte in Übergröße auf den filigranen Blättchen und war obendrein angebraten. Dadurch lief der Saft in sämtliche Ritzen des Salates und verdarb jeglichen Geschmack. Sie rümpfte die Nase und kämpfte erneut mit den Tränen. Und das alles nur, um Eduard zu kontern.

Er posaunte mit vollen Backen: »Selbst schuld, du magst keinen Käse, was bestellst du ihn dann?« Larissa war drauf und dran, ihm mit ihrem Ziegenkäse den Mund zu stopfen.

Manuel preschte dazwischen. »Weißt du was? Wir beide tauschen, wenn du willst. Ich liebe Ziegenkäse – und der hier riecht wirklich köstlich.«

Larissa atmete erleichtert auf. Ihr Herz pochte. Ihr Ritual! Es war zurück. »Aber nur, wenn es dir nichts ausmacht. Ich liebe Linsen.« Schnell wechselten die Teller die Seiten.

Sandra und Eduard schauten sich fragend an. Dann gabelte sie ein Stück Maultasche auf, dazu eine Kirschtomate und hielt es ihm vor die Nase. Eduard schien es die Sprache verschlagen zu haben. Larissa starrte die beiden an.

»Das ist nicht giftig, nur weil es kein Fleisch ist.« Sandra lachte gönnerhaft. »Nun iss schon. Dann probiere ich auch dein Steak.«

Eduard setzte sein Besteck ab, leerte erneut sein Bier, warf den Kopf nach hinten und lachte. Dann aber schnitt er seinerseits ein Stück vom Fleisch herunter und hielt Sandra seine Gabel ebenfalls unter die Nase.

Larissa beobachtete, wie die beiden sich gegenseitig fütterten. Erst schluckte sie, dann aber stahl sich ein Lächeln auf ihr Gesicht und sie schaute verstohlen zu Manuel. Das funktionierte besser, als sie sich vorab ausgemalt hatten.

Ein paar Tage später betrat Larissa das Café am Marktplatz. Suchend sah sie sich um, wurde fündig und winkte ihm strahlend zu. Er saß in einem gemütlichen Separee. Zur Begrüßung küsste er sie. Dann bestellte Manu zwei Gläschen Champagner.

»Es hat also wirklich funktioniert? Und es gibt etwas zu feiern?«

Larissa lächelte Manu an, zog eine Augenbraue hoch und eine blonde Haarsträhne durch ihre Finger. »Dass du diese Geste immer noch machst, ich habe sie so geliebt.« Manuels Bass klang weich und sanft.

»Klar gibt es etwas zu feiern.« Larissa kicherte wie ein Teenager, dem ein Schulstreich gelungen war. »Dann hat es besser geklappt, als ich dachte. Ede war in Hochform.«

Manu nickte, wobei er ebenfalls mit den Augen rollte. »Das kann man sagen, Sandra genauso. Wie sind wir bloß an die beiden geraten?«

Larissa hob zögerlich die Schultern. »Wenn man immer schon vorher wüsste, wie sich alles entwickelt, könnte man gleich beim ersten festen Partner bleiben.«

»Tja, wobei dieser Umweg für Sandra und Eduard ein Treffer war. Sie haben sich gefunden und wir brauchen auf diese Weise kein schlechtes Gewissen zu haben.«

»Wie ich hörte, will Sandra mit Ede nächstes Wochenende auf die Jagd gehen.« Sie kicherte.

In diesem Moment kam die Bedienung und brachte den Schampus. »Auf uns, meine große Liebe!« Manu hob feierlich sein Glas. »Auf uns!«, echote Larissa.

Stromausfall

Seine immer noch klaren, dunklen Augen zu engen Schlitzen zusammengezogen blickte Vinzenz ins Tal hinunter. Auf dem steilen Wanderweg ging tatsächlich eine Frau mit langsamen, aber festen Schritten Richtung Alm. Das war verwunderlich, weil jetzt, im Frühjahr, die Wandersaison noch nicht richtig begonnen hatte. Der Himmel indes war wolkenlos und eine goldene Sonne schenkte schon angenehme Wärme. Die ersten Frühblüher in den höheren Regionen streckten gierig die Köpfe nach ihr. Die Wanderin würde noch eine Weile brauchen. Zeit genug also, um sich ein wenig auf die Zirbenbank vor der Alm zu setzen. In solchen Momenten fiel Vinzenz in eine leichte Schwermut, ein Gefühl, dem er sich manchmal ganz gerne hingab, da sie ihm lieber war als die Traurigkeit.

Er lebte schon seit Jahrzehnten als Einsiedler auf der Alm, die er sich damals nach seiner Flucht hergerichtet hatte. Zu Beginn gab es nichts. Kein fließendes Wasser, keinen Herd, von Strom ganz zu schweigen. Eine Weile hatte er überlegt, nicht viel davon zu verändern, da er genau das nicht wollte – Veränderung. Er hatte Kühe, Ziegen und war gelernter Senner. Demzufolge machte er Käse. So baute er sich im Laufe der Jahre die Alm und seine Käsemanufaktur auf. Da er vor allem im Winter alleine auf der Alm war, hatte er die Gewohnheit angenommen, abwechselnd mit seinen Tieren oder eben sich selbst zu reden. Das machte ihm nichts aus. Ein großer Rhetoriker war er ohnehin noch nie gewesen. Im Sommer betrieb er eine kleine Almwirtschaft für die Wanderer. Es gab Milch, Bier und Brotzeit. Die Touristen sparten nicht mit Lob über den feinen Käse und trugen die Begeisterung ins Tal und in die großen Städte hinaus. So wurde Vinzenz fast zu einer kleinen Berühmtheit. In dieser Zeit konnte er gar nicht viel mit seinen Viechern reden, da er den ganzen Tag die Gäste unterhielt. Es sprach sich bald herum, dass Vinzenz einen außergewöhnlichen Lebensstil pflegte. Lange bevor der Begriff »Nachhaltigkeit« in die Alltagssprache Einzug fand, lebte er bereits danach. Er achtete stets darauf, kaum Müll zu verursachen, und hatte schon Solarpaneele auf dem Dach, als es noch keine staatliche Förderung dafür gab. Manchmal kamen vor allem junge Menschen aus den Städten zu ihm, blieben eine Weile auf der Alm, um Vinzenz bei der Sennerei, den Tieren und vor allem mit den Gästen zu helfen.

In diesem Jahr war es wohl die junge Frau, die nun direkt auf die Zirbenbank zusteuerte, ein wenig verschnaufte, um dann Vinzenz die Hand hinzustrecken. Sie sei die Maike und ob er hier eine brauchen könne, die ordentlich zulangt. Er nickte lediglich und wartete. Die junge Frau bedachte ihn mit einem Blick, der Vinzenz an ein gehetztes Tier erinnerte. Sofort kam ihm der Gedanke, wovor sie wohl auf der Flucht sei. Aber er fragte nicht. Er meinte nur »I bin der Vinzenz, habe die Ehre« und streckte ihr seine schwielige, feste Hand entgegen. Maike schien sich bemüßigt zu fühlen, einen guten Eindruck zu machen. »Vielen Dank, ich bin weiß Gott nicht vom Fach, aber ich lerne schnell«, sagte sie mit einem Eifer, über den er lächeln musste, weil es ihn an ein dankbares Kind erinnerte. Ihre Ehrlichkeit hatte etwas Rührendes und da war ihm klar, dass sie hier etwas suchte, ja mei. Er zuckte unwillkürlich mit den Schultern. Und tatsächlich stellte sich Maike geschickt an, ließ sich alles erklären, fragte nach und packte ordentlich zu. Man merkte, dass sie Spaß an der Almwirtschaft hatte und ein gutes Händchen im Umgang mit den Tieren. Die größte Hilfe war sie dem Vinzenz bei den Bewirtungsgästen. Hier merkte er schnell, dass sie eigentlich aus einem ganz anderen Leben kam. So oder so wurden die beiden über den Sommer ein gutes Team. Das kleine Pflänzchen, das sich Vertrauen nennt, wuchs langsam, aber stetig.

Einmal die Woche zog der Vinzenz seinen einzigen Anzug an, setzte einen Hut auf und verabschiedete sich für die nächsten Stunden ins Tal. Der Anzug kleidete ihn ungewöhnlich gut und ließ erahnen, was für ein schöner Mann er einst war. »Ich geh jetzt zu meiner Frau. Bis nachher.« Maike konnte ihre Überraschung darüber, dass er offensichtlich eine Frau hatte, nur mit Mühe verbergen. Da sie jedoch von Beginn an froh war, nicht über ihre Vergangenheit reden zu müssen, fragte sie ihn nicht nach seiner.

Die Zeit ging dahin und der Sommer seinem Ende entgegen. Vinzenz hatte schon seit Tagen darüber nachgedacht, wie es mit Maike weitergehen sollte. Maike war anders als die anderen Aussteiger, die in den Jahren zuvor einige Zeit auf der Alm verbracht hatten. Sie war tiefgründiger, ehrgeiziger und fleißiger, durchdrungen von dem Willen, innerhalb kurzer Zeit alles über Milchviehhaltung und Käserei zu lernen. Und sie lernte sehr schnell. So schnell, dass er sie manchmal sogar zu einer Pause ermuntern musste. Man spürte regelrecht, dass sie auf der Alm Wurzeln schlagen wollte. Deshalb fasste er einen Entschluss. An einem schönen Spätsommerabend saß er mit Maike auf der Zirbenbank vor der Alm und begann zu erzählen.

»In den Wirtschaftswunderjahren, als wir alle noch jung und hungrig nach dem Leben waren, sah es hier und vor allem unten im Dorf ganz anders aus. Die Menschen aus den Städten wollten wieder verreisen, entweder ans Meer oder eben in die Berge. Und unser Bürgermeister damals sah eine große Gelegenheit, aus dem Dorf im oberen Tal einen richtigen Ferienort zu machen. Wir waren noch wilde Hund damals, immer auf der Pirsch nach Abenteuer und Spaß. Arbeit gab's grad genug. Überall wurde gebaut und erneuert. Die alte Straße, die vom unteren Tal ins Dorf ging und so manchen Winter dafür gesorgt hatte, dass wir manchmal tage-, sogar wochenlang von der Außenwelt abgeschnitten waren, wurde komplett erweitert und neu geteert. Es entstanden Strommasten und Leitungssysteme. Mein Herz hatte ich da bereits an die Walburga verloren. Sie war die Schönste im Dorf und dem Pfarrer wie aus dem Gesicht geschnitten.« Vinzenz lachte kurz auf. »Das sorgte natürlich für Gerede und deshalb hatte die Burgl einen schweren Stand bei den Leut. Aber mir war das eh egal. Die Burgl und ich heirateten, und zwar aus Liebe. Das war damals noch nicht selbstverständlich.« Er pausierte kurz und beobachtete verstohlen von der Seite, dass Maikes Augen wieder jenen traurigen Ausdruck bekamen, wie im Frühjahr bei ihrer Ankunft. Rasch fuhr er fort. »Wir betrieben eine Pension mit Fremdenzimmern und Burgl sprühte vor Ideen und Energie. Als erste Frau im Ort hatte sie einen Führerschein. Ich bewunderte sie immer für ihre Tatkraft und ihren Mut. Sie war unbändig stolz und stur. Ja, sie war meine große und einzige Liebe.« Vinzenz schaute in die Ferne und schluckte nur.

Maike spürte, dass es dem alten Mann schwerfiel, darüber zu reden. Wie gerne hätte sie ihn einfach in diesem Moment in den Arm genommen und an sich gedrückt, doch sie hatte Angst, dass er sie abwehren würde. Sie hatte sofort bemerkt, dass er seine Geschichte zum ersten Mal überhaupt einem Menschen erzählte.

»Damit es die Burgl mit der Pension und allem einfacher hatte, ließ ich ihr einen alten VW-Bus herrichten. Was hat sie sich gefreut damals. Ich sehe sie noch vor mir.« Für einen Moment schloss er seine Augen, so als ob dadurch die Bilder von früher schärfer zu sehen wären, und lächelte selig. »Wir haben sofort eine Spritztour unternommen«, er lachte Maike an und meinte stolz, »sie war eine ausgezeichnete Fahrerin.« Er starrte in die Ferne, als ob es dort irgendwo etwas Interessantes zu beobachten gäbe. »Bis zu dem eiskalten Wintertag. Da ist der VW von der Straße abgekommen und gegen einen Strommast geknallt, der sie unter sich begraben hat.« Er hörte, wie Maike die Luft anhielt. Vinzenz starrte zu diesem Punkt in der Ferne und redete einfach weiter. »Die Leut im Dorf haben gejammert. Aber nicht wegen der Burgl, sondern wegen dem tagelangen Stromausfall, den der umgekippte Mast verursacht hatte. Das Gerede um die Burgl ging wieder los, sogar nach ihrem Tod. Das habe ich nicht mehr ertragen. Nichts habe ich mehr ertragen. Deshalb bin ich geflüchtet, hier hoch auf die Alm. Vor den Menschen, vor der Zivilisation und vor allem vor meiner eigenen Trauer. So war das.« Er sah Maike an und fühlte sich verstanden von dieser jungen Frau, denn sie nickte nur und wischte sich eine Träne aus den Augenwinkeln. Dann nahm sie seine Hand und drückte sie ein bisschen. »Du gehst jede Woche zu ihr auf den Friedhof, oder?«

Das eingeholte Heu duftete würzig nach Frühherbst und die Grillen zirpten so eifrig, als ob sie sich gegenseitig übertreffen wollten. Maike war überwältigt von der Natur, ihren intensiven Gerüchen und Geräuschen, machte den Mund auf und gleich wieder zu. Sie wollte reden, wusste aber nicht, wo sie anfangen sollte. Der Zeitpunkt wäre gekommen, um ihre Geschichte zu erzählen. Vinzenz hatte ihr eine Brücke gebaut, was ihn gewiss Überwindung kostete. Das Vertrauen zwischen ihnen war gewachsen.

Vinzenz durchbrach das Schweigen. »Jetzt habe ich dir meine Geschichte erzählt, nun erzählst du deine. Vielleicht wäre es auch für mich besser gewesen, ich hätte das schon vor vielen Jahren getan.«

Maike nickte tapfer und versuchte, den großen Kloß herunterzuschlucken, der sie seit Monaten daran hinderte, etwas von sich preiszugeben. Sie suchte ebenfalls Halt in einem fernen Punkt, schluckte und begann zu erzählen. Es war wie ein gerechter Tausch, seine Geschichte gegen ihre. »Jörg war so ein offener Typ, so sympathisch. Er konnte sagen, was Sache ist, ohne den anderen zu verletzen. Dafür habe ich ihn anfangs sehr bewundert. Wir durchlebten eine richtig coole Sommerliebe, leicht und sorglos, ohne an morgen zu denken. Als es Herbst wurde, blieben wir zusammen, weil sich etwas entwickelt hatte wie ein sanftes, starkes Band, das sich um uns legte. Und das Band wurde in den nächsten Jahren immer enger. Unsere Liebe schien haltbar und alltagstauglich. Wir waren beide beruflich ziemlich eingespannt, er als

Assistent der Geschäftsleitung einer großen Firma sowieso, ich als Lebensmittelchemikerin nicht weniger. Da ergab sich eine günstige Gelegenheit, eine bezahlbare«, Maike hob nun die Zeige- und Mittelfinger jeder Hand, wie um diese Tatsache zu unterstreichen, »Wohnung zu kaufen, in München. Jeder alleine hätte die Finanzierung nicht stemmen können oder zumindest wollen, gemeinsam ging das hingegen sehr gut. Zu dieser Zeit hätte ich jeden Eid geschworen, dass wir ewig zusammenbleiben. Natürlich war unsere Beziehung nicht mehr von Schmetterlingen im Bauch durchwühlt.« Vinzenz schaute sie erstaunt von der Seite an. »Du weißt schon, man sagt doch, dass man am Anfang, wenn man verliebt ist, Schmetterlinge im Bauch hat.« Er nickte lächelnd. »Also, wir waren nicht mehr so innig mit ständig am Knutschen und überall Händchen halten und so.« Maike stockte kurz, denn sie sah Vinzenz an, dass er momentan wohl etwas überfordert war. »Auch unsere körperliche Anziehungskraft, die immer stark war, verlor ein bisschen an Magie. Aber wir redeten viel miteinander. Und wenn er über Nacht unterwegs war, telefonierten wir jeden Abend. Er war mein Lebensmensch.« Jetzt zog Vinzenz deutlich fragend seine Augenbrauen hoch. »Das sagt man heute so, mein Mensch für ein ganzes Leben. Für mich war das klar. Zu unserem zehnten Jahrestag wollte ich Nägel mit Köpfen machen. Bei euch damals war das bestimmt unmöglich, aber heute müssen wir Frauen nicht auf einen romantischen Antrag warten. Wir erledigen das selbst.«

Vinzenz musste lächeln. »Das hätte durchaus auch zu meiner Burgl gepasst.«

Maike holte tief Luft, ließ sie durch die Backen wieder raus, schaute kurz zu ihm. Er nickte nur leicht. »Ich habe alles vorbereitet, also den Tisch gedeckt mit Kerzen und allem und in der Mitte ein Schmuckkästchen. Ich stand wirklich am Tisch und freute mich auf sein überraschtes Gesicht. Es war der letzte glückliche Moment in meinem Leben.« Maike starrte wieder Richtung Horizont. »Er hat tatsächlich Augen gemacht, große, vor Schreck geweitete. Er konnte es gar nicht verbergen. Und ich Trottel habe noch gelacht, weil ich es für Show hielt, die er abzog, um mich hinters Licht zu führen. Erst als er ernst blieb und mich nur anschaute, da ...« Kurz kam sie ins Stocken. »Meine Güte, ich werde niemals seinen Blick vergessen, erst so erschrocken und dann so mitleidig. Ich stand da wie ein Depp, wenn wir ein Riesenpublikum dabeigehabt hätten, ich hätte mich nicht weniger geschämt.« Ein Schluchzen unterbrach ihre Rede, aber Maike fing sich schnell. »Schließlich habe ich nur schwach gemeint, dass wir natürlich nicht unbedingt heiraten müssten, doch er hat mit einer Bemerkung alles zunichte gemacht. ›Ich heirate ja‹, hat er gesagt. Und dass ich so lange in der Wohnung bleiben könne, wie ich wolle. Das hat er noch gesagt. Und dass man sich finanziell sicher einigen würde.« Vinzenz nahm ihre Hand. »Verstehst du?« Alle Wut brach aus ihr heraus. »Zehn Jahre, zehn Jahre habe ich an diesen Scheißkerl verplempert. Vielleicht waren es meine besten Jahre. Und dann sagt der mir, dass er heiratet und dass ich in der Wohnung bleiben dürfe, die mir ohnehin zur Hälfte gehörte.« Maike ahmte seine Sprechweise nach, zog sie ins Lächerliche. »Ich habe die Wohnung verkauft und halbe-halbe gemacht. Das hat mir ein kleines Polster geschaffen. Das war allerdings der einzige Vorteil, denn beruflich bin ich zu dem Zeitpunkt auch auf der Stelle getreten. Und weil eh schon alles egal war, habe ich gekündigt. Ich wollte einfach nur raus aus München, raus aus meiner Vergangenheit und schauen, ob es irgendwo eine Zukunft für mich gibt.« Maike setzte sich gerade hin und atmete tief durch. Im Hintergrund bimmelten die Kuhglocken in verschiedenen Klangfarben und besänftigten ein wenig ihre wunde Seele. In ihrem Körper breitete sich ein Gefühl der Erleichterung aus.

Beide schwiegen zunächst und schauten der Sonne beim Untergehen zu. Und wieder durchbrach Vinzenz als Erster die Stille: »Es ist immer so gewesen. Wer übrigbleibt, leidet mehr. Bei dir muss das nicht so bleiben. Du kannst dich noch bewegen.« Er schaute Maike herausfordernd an.

»Das will ich doch auch. Nur wohin? Ich weiß nach den zehn Jahren gar nicht mehr, WIE ich alleine gehen soll.« Nahezu wütend brach es aus Maike heraus, so als ob sie schon lange von dieser Frage gequält würde.

Vinzenz hob seine Schultern und drehte sich in ihre Richtung. »Du darfst nicht nur WOLLEN, du musst TUN. Von alleine geht nix. Niemand wartet auf dich oder hilft dir. Aber das hier«, er zeigte mit einer ausladenden Armbewegung auf die Alm, »das hier, das hast du alleine getan. Weil du es so gewollt hast.« Mit diesen Worten lehnte er sich wieder zurück und ließ sie in Ruhe.

Maike verzog ihren Mund in verschiedene Richtungen, dann scharrte sie mit ihren Schuhen am Boden, als ob sie ein Muster in die Erde malen wollte. Das Einzige, was erklang, waren die Kuhglocken, die Zirben und vom Tal das entfernte Läuten der Kirchenglocken. Maike schloss die Augen, um diese Stimmung in sich aufzunehmen. Eigentlich war sie im Moment gar nicht unglücklich. »Warum hast du mir deine Geschichte erzählt?«

Vinzenz schien auf diese Frage gewartet zu haben. »Weil ich deine hören wollte. Ich habe mir die ganze Zeit gedacht, was so ein hübsches Ding aus der Stadt, die bestimmt aus einem anderen Leben kommt, bei mir altem Deppen auf der Alm will.« Beim »Deppen« protestierte sie lachend und er grinste. »Du hast dich viel zu gut eingelebt und eingearbeitet. Du bist von allen wirklich die Erste, die das Zeug dazu hätte, einen richtig guten Käse zu machen. Mit einem natürlich guten Geschmack. Den braucht's nämlich, sonst ist der Käs ja so wie jeder im Supermarkt. Das könnte für dich eine Zukunft sein.« Maike freute sich sehr über das Lob und lachte zum ersten Mal richtig befreit. »Wie bei meiner Burgl«, sagte Vinzenz und lächelte. »Weißt Madel, manchmal hab ich mich gefragt, ob meine Flucht vor der Welt richtig war. Ich hätte mir schon als mal jemanden gewünscht, der mir zuhört und mir zumindest Mut zusprechen kann. Ich habe mich einfach abgefunden. Aber du musst dich mit nichts abfinden. Dir steht alles offen. Mach was draus, und wenn es ein Käse ist, ist es eben ein Käse. Im Übrigen soll ich dir das von der Burgl ausrichten. Und der Burgl würde ich, nicht nur im Leben, niemals widersprechen.«

Gentlemanlike

Der Gentleman ging, wie jeden Mittwoch, gemessenen Schrittes Richtung »Grand Hyatt Hotel«, denn Gentlemen laufen niemals. Selbst dann nicht, wenn der Jour fixe der »Landgräfinnen« in wenigen Minuten begann. Innerlich gratulierte er sich dazu, dass er den dezenten Zweireiher ertauscht hatte, den er heute trug. Allerdings um den Preis seines heißgeliebten Plattenspielers. Wenn aber alles gut liefe, so tröstete er sich, wäre er in der Lage, demnächst einen neuen, sogar besseren zu erwerben. Er schritt durch die vornehme Lobby wie ein Pfau in einem Kurpark und erreichte die Tür zum Fahrstuhl, da wurde er von hinten mit einem Schwall von süßlichem, schwerem Parfüm eingenebelt. Angeekelt verzog er das Gesicht, aber nur so, dass es keiner sah, denn ein Gentleman hat sich stets im Griff. Die Trägerin des Parfüms war eine betagte Dame mit einem kleinen kahlen Hündchen auf dem Arm. Dieses Hündchen hatte feine weiße Härchen um die überproportional lange Nase. Das sah fast so aus wie ein Schnurrbart.

Der Gentleman nickte der Dame und dem Hündchen zu, denn ein Gentleman benimmt sich in Gegenwart der holden Weiblichkeit stets korrekt und charmant. »Das ist Lord Smith, alter Adel, ausgezeichneter Stammbaum, bereits in der fünften Generation«, raunte die Dame mit feierlichem Unterton und kraulte dem Hündchen den weißen Bart. »Splendid«, war die Antwort, denn ein Gentleman kennt die Grundlagen der gepflegten Konversation. Er musterte die Dame unauffällig von der Seite. Sie war teuer gekleidet, zwar nicht exaltiert, aber Designerware. Protzig hingegen war ihr Schmuck. Er schätzte den Ring auf mindestens fünf Karat und das Goldarmband auf einen ähnlichen Wert. Von der Cartieruhr ganz zu schweigen. Der Hund kläffte ein wenig, worauf die Dame »sch-sch« zischte.

Der Gentleman nickte dem Hündchen wohlwollend zu. Plötzlich bremste der Fahrstuhl bei voller Fahrt ab, brachte die Kabine zum Ruckeln und die Dame verlor ihren Halt. Mit einem schrillen Schrei knickte sie um, stürzte und begrub Lord Smith unter sich. Der Gentleman war sofort zur Stelle. Ihm gelang es, die Dame halbwegs aufzurichten, um den kleinen Lord unter ihr hervorzuholen. Gerade als er meinte, die Barthaare des Hündchens zu spüren, sackte der Fahrstuhl gänzlich ab. Sie schrie noch einmal in Panik auf und fiel in Ohnmacht. Der Gentleman überlegte nicht lange, er brachte die Dame in die stabile Seitenlage, tätschelte ihre rechte und linke Wange und redete laut auf sie ein. »Madame, Madame.

Hören Sie, hören Sie mich? Wachen Sie auf, Madame, Madame.« Dann erhob er sich und drückte den Notfallknopf, denn ein Gentleman ist immer ein Mann der Tat. Die Dame kam derweil zu sich, schnaufte so schwer, als ob sie zur Rooftop-Bar des Grand Hyatt im Treppenhaus hochgejoggt wäre, und fasste sich schmerzverzerrt an ihr Herz. Der Gentleman versuchte, trotz des Parfüms, so nahe wie möglich an ihre Lippen zu kommen, um sie zu verstehen. Alles, was er hörte, war »Handtasche, kleines Döschen.« Das ergab keinen Sinn für ihn und so hielt er einfach ihre Hand, beruhigte sie mit den Worten, dass sicher gleich Hilfe käme. Hilfsbereitschaft ist der zweite Vorname eines Gentlemans. Die Rettungsaktion erwies sich als kompliziert und dauerte sehr lange. Der Arzt konnte bei der Dame nur Tod durch Herzinfarkt feststellen, was den Gentleman traurig stimmte. Er hatte eine kleine Träne im Auge, als er der Rettungsmannschaft den Tipp gab, die Dame mit ihrem Hündchen gemeinsam zu beerdigen, denn Lord Smith war ihr Ein und Alles gewesen. Gentlemen können empathisch sein. Auf seinem Heimweg spürte er die fünf Karat in seiner Tasche, in der anderen befanden sich die Uhr und das Goldarmband. Hätte ihn jemand gefragt, wie viel man dafür bekäme, er wäre die Antwort schuldig geblieben. Ein Gentleman spricht nicht gerne über Geld.

Regenschauer

»Nein, du musst mich nicht begleiten. Ich schaffe das alleine. Ja, ganz sicher!« Leicht genervt legte Friederike ihr Handy beiseite. Ihre Freundin meinte es schließlich nur gut. Sie war unermüdlich immer an ihrer Seite gewesen, das ganze letzte Jahr. Hatte sich still und mitfühlend einfach zu ihr gesetzt und zugehört. Oder einen ihrer betörend duftenden Tees gekocht, die sogar den Schmerz ihres gebrochenen Herzens ein wenig linderten. Zumindest für einen kleinen Moment. Deshalb war es sicherlich normal, dass ihre beste Freundin sich sorgte. Und sie bei ihrem schweren Gang begleiten wollte, um die Last ein Stück weit mit ihr gemeinsam zu tragen. Nun war der Tag gekommen und mit ihm all die Zweifel und die Angst. In der Küche zog sich ihr Magen zusammen und krampfte in unregelmäßigen Abständen wütend vor sich hin. An Frühstück war nicht zu denken. Sie schlug die Augen zu und versuchte, ruhig zu atmen. Jetzt hätte sie liebend gerne einen der heilenden Tees ihrer Freundin gehabt. Irgendetwas, das ihr laut schlagendes Herz besänftigte. Übelkeit breitete sich in ihr aus. Schnell lief sie zur Toilette und würgte ein wenig Magensäure hoch. Beim Blick in den Badezimmerspiegel blaffte sie sich laut selbst an: »Reiß dich zusammen! Du schaffst das jetzt.« Mit durchgestrecktem Rücken verließ sie ihre Wohnung.

Bis gestern waren die letzten Tage sommerlich warm gewesen. Überall sah man Menschen in schönen Kleidern und kurzen Hosen, die mit einem Eis in der Hand spazierten und bestimmt Pläne für den Abend oder für das Wochenende schmiedeten. Glückliches Lächeln aus verliebt funkelnden Augen. Vielleicht waren es auch nicht mehr als in jedem anderen Sommer. Möglicherweise bildete Friederike sich das nur ein, einsam, wie sie sich fühlte. Ganz im Gegensatz dazu hing heute der Himmel voller Wolken, in einem düsteren Grau, das nichts Gutes verhieß. Es spiegelte ihre Stimmung. Wie passend, dachte sie bei sich und sog bereits den Duft von Regen ein. Als sie unter den Bäumen entlangging, die sich wie eine Allee vor ihr ausstreckten, tröpfelte es auf ihre Jacke. Nur noch einige Meter, dann stand sie bei ihm, neben dem Engel, der vor dem Stein auf der Erde lag.

»Ich habe es dir versprochen, Daniel«, flüsterte sie zärtlich. »Ich habe dir versprochen, dich an diesem Tag alleine zu besuchen, bei dir zu sein. Und hier bin ich.«

Genau in diesem Moment öffnete der Himmel seine Schleusen und der erlösende Regen trommelte auf die Erde. Friederike schloss die Augen, legte den Kopf in den Nacken und ließ die Tropfen auf ihr Gesicht fallen. Niemand sah, wie sie weinte, wie sie hemmungslos schluchzte und jammerte. Sie ließ ihren Tränen freien Lauf. Salz vermischte sich mit Himmelswasser und tropfte ihr übers Gesicht, rann den Hals entlang und unter ihre Kleider. Es war, als berührte er sie ein letztes Mal. Und es tat unendlich gut.

Genau vor einem Jahr hatten sie sich so lange gehalten, bis er friedlich seine Augen schloss. In ihren Armen. Das war sein Wunsch. Er wollte seine letzten Monate nicht in vollkommener Abhängigkeit von Maschinen und Schläuchen, fernab von ihr, verbringen. Und er hatte alles genau geplant, solange er noch dazu in der Lage war. Sie erinnerte sich an jedes Wort, als er ihr von seinem großen Tausch erzählte. Ein unwürdiges, unkontrolliertes Dahinsiechen gegen ein selbstbestimmtes, sanftes Ende. Bei ihr. Es war ihm klar, was er von ihr verlangte. Sie war zunächst entsetzt und wütend gewesen. Und flehte darum, dass dieser Kelch an ihr vorüberginge. Aber als sich sein Zustand rapide verschlechterte, stimmte sie seinem Tausch zu. Aus Liebe, wie er sagte. Aus Liebe, wie sie ihm versicherte. Friederike strich noch einmal über den kühlen Stein mit seinem Foto, auf dem er so unwiderstehlich grinste. Sie grinste zurück und mit einem Mal wurde ihr klar, dass sie von nun an wieder nach vorne blicken konnte. Vollkommen durchnässt ging sie nach Hause und stellte fest, dass sich ihr Herz frei und leicht anfühlte.

Klarinettenkunst

Sigmund Lebebrecht war nicht irgendein Musikant. Er hatte klassische Klarinette am Konservatorium in Berlin studiert und als Jahrgangsbester abgeschlossen. Aber im Berlin der frühen 1920er Jahre war das Leben nicht einfach. Der Weltkrieg lag nicht lange zurück, die Menschen kämpften weiterhin mit ihrem tagtäglichen Leben und Normalität schien noch in weiterer Ferne zu sein. Dennoch nahm die Stadt den Kampf mit den Dämonen des Krieges, der Niederlage und des mühsamen wirtschaftlichen Aufstiegs an. Mit der altbewährten Schnoddrigkeit versuchten die Berliner, »ihre« Stadt in eine der größten und bedeutendsten Metropolen der Welt zu verwandeln. Soweit der bescheidene Anspruch.

Dennoch war es furchtbar schwierig, in diesen aufwühlenden Zeiten eine feste Anstellung an einem Theater oder gar einem Opernhaus zu ergattern. So blieb Lebebrecht nichts anderes übrig, als seinen Lebensunterhalt in mehr oder weniger seriösen Etablissements zu verdienen. Dort spielte er oft genug nur für ein bisschen Trinkgeld. Da Sigmund noch ein sehr junger Künstler war, setzte ihm der Umstand, dass er einen Großteil seiner Zeit nicht mit Probestunden in der Oper, sondern in üblen Spelunken verbrachte, nicht allzu sehr zu. Im Gegenteil. Er liebte seine Freiheit, und seine Auftritte in den allmählich aufkommenden Swing-Clubs bereiteten ihm große Freude. Und er liebte seine Klarinette, der er Töne entlocken konnte wie sonst keiner. Die Musik musste seine Liebe allerdings teilen. Denn am Konservatorium verguckte sich Sigmund in Amalie. Sie war so schön wie eine Märchenfee, dabei so sittsam und tugendhaft wie eine Pfarrerstochter. Sigmund wusste, die oder keine.

Das Werben um Amalie gestaltete sich zu einem schwierigen Unterfangen, denn nach ihren Klavierstunden ging sie stets sofort nach Hause. Immerhin war es Sigmund einige Male gelungen, sie zu begleiten. Und beim letzten Mal hatte sie über seine Witze gelacht und ihn einen »sehr netten Menschen« genannt. Derart bestärkt in seinem Bestreben, Amalie ins Kino einzuladen, versuchte er tags darauf, Kontakt zu ihr aufzunehmen. Stundenlang harrte er vor Amalies Tür aus. Stundenlang versuchte er, Steinchen an die Fensterscheiben zu werfen, hinter denen er Amalie vermutete. Und gerade, als er eine Nachricht auf einem Zettel in den Briefkasten werfen wollte, ging die Tür auf und ein sehr streng dreinblickender, korrekt gekleideter, großer und bauchumfänglicher Herr mit einem imposanten, graumelierten Schnauzbart trat auf die Straße. Sigmund lupfte den Hut, der ein wenig schief auf seinem Kopf saß, und machte einen kleinen Diener. Gerade als er sich wohlerzogen vorstellen und nach dem werten Befinden erkundigen wollte, ging ein Donner los. Es kam von dem großen Herrn, Amalies Vater. Er könne doch nicht stundenlang vor dem Haus rumlungern, das gehöre sich überhaupt nicht. Dazu stellte der donnernde Herr Papa gleich unumstößlich fest, dass dies hier ein anständiges Haus sei, in dem nur anständige Menschen lebten, falls ihm diese Beschreibung etwas sage. Sigmund Lebebrecht sah bereits seine Felle davonschwimmen. So nahm er all seinen Mut, schlug beinahe seine Hacken zusammen, obwohl ihm alles Militärische ein Gräuel war, bemühte sich um eine stramme Haltung und sagte laut und deutlich seinen Namen. Dieses Auftreten gefiel dem Vater, immerhin schien dieses Bürschchen kein ganz Schlechter zu sein. Eine Augenbraue hochziehend, fragte er in leiserem Ton, was er beabsichtige. Sigmund Lebebrecht war vorbereitet, er meinte zackig und geradeheraus, dass er sich gerne zu einem Spaziergang mit dem Fräulein Tochter träfe, die ausdrückliche Erlaubnis des Herrn Vater natürlich vorausgesetzt. Das mit dem Kino ließ er aus strategischen Gründen und aus voraussichtlichem Mangel an Erfolg einfach weg. Sigmund schickte ein Stoßgebet gen Himmel, als er Amalie die Treppe herunterstürmen sah. »Herr Lebebrecht, was machen Sie denn hier?« Sie schien belustigt. Sigmund und das Familienoberhaupt einigten sich auf eine Stunde im Park, aber nur im Beisein von anderen Spaziergängern.

Nachdem sie sich einige Male getroffen hatten und sogar bei einem Kinobesuch einen ersten scheuen, dann zarten, dann stürmischeren Kuss wechselten, wollte er bei Amalies Eltern um ihre Hand bitten. Allerdings war ihm klar, dass er dazu einen soliden Lebenswandel vorweisen musste. Was er brauchte, war eine feste Anstellung.

Da ergab es sich, dass im Orchester der Städtischen Oper ein Klarinettist ausfiel. Sigmund wurde vorstellig, spielte den 2. Satz aus dem Adagio des Klarinettenkonzertes 622 von Wolfgang Amadeus Mozart derart schön und gefühlvoll, dass selbst die Herren Juroren ein paar Tränchen verdrückten. Beim Verlassen der Bühne und dem üblichen »Sie hören von uns, Herr Lebebrecht« vernahm er noch die Stimme eines der Jurymitglieder: »Der Lebebrecht war wirklich famos, aber mir fehlte noch ein bisschen mehr Witz und Verwegenheit. Wenn er das hätte, wäre er meine erste Wahl.« Sigmund war verwirrt. Ja, was wollte man denn nun von ihm? Einen genialen Musiker oder einen Luftikus oder am Ende gar einen braven Ehemann?

Um über diese Frage besser nachdenken zu können, ging er auf dem Heimweg erst einmal bei seiner Lieblingsdestille vorbei. Eine Stärkung zur Entwirrung seiner Gedanken konnte nicht schaden. Kurz vor der Sperrstunde hatte er einen genialen Plan ausgeheckt. Damit würden sich alle Hindernisse aus dem Weg räumen lassen. Er nahm seine Klarinette und schwankte leicht in die Nacht hinaus. »Sso, sso, witzig soll ich sein. Verwegen. Das wollen die Herren. Und wenn die Herren das wollen, ssollen sie es kriegen«, deklamierte Sigmund halblaut vor sich hin. Die ersten Fenster öffneten sich. Sigmund ging geradewegs auf die Straßenlaterne zu und kam knapp davor zum Stehen. Er schaute zum Laternenpfahl hinauf und ein »Ui, das iss aba gans schön hhoch« entfuhr ihm. Aber er war ein Mann der Tat. Alle sollten sehen, dass er, selbst in luftiger Höhe, der beste Klarinettist von ganz Berlin sei.

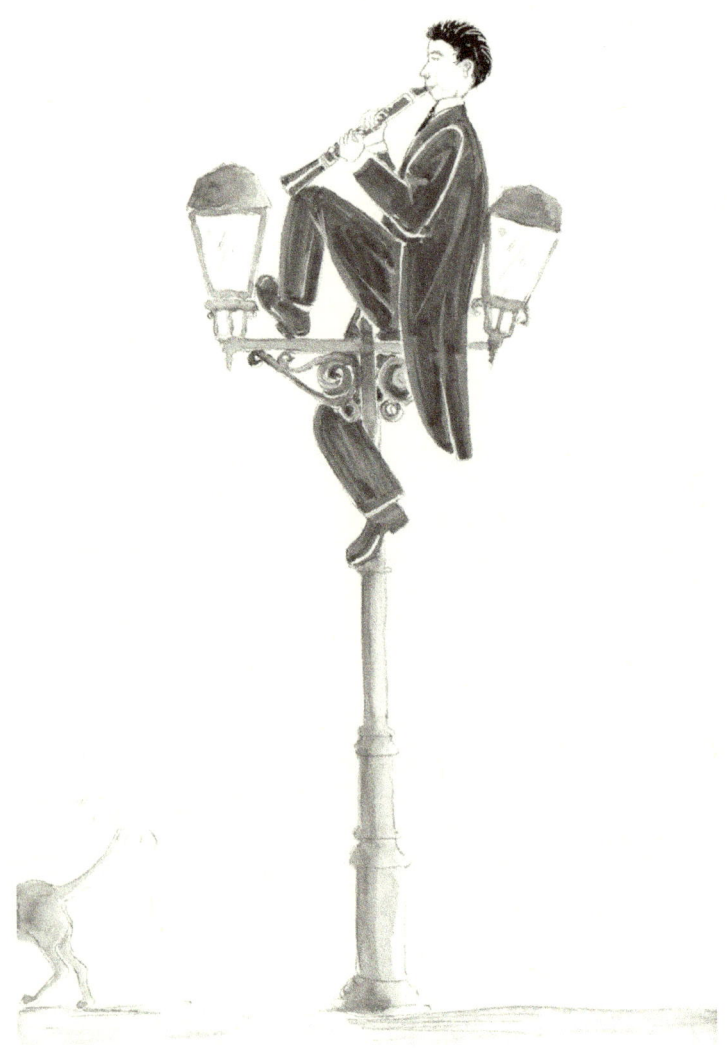

Sigmund zog sich, die Klarinette unter seinen rechten Arm geklemmt, den Laternenpfahl hoch. Zweimal rutschte er nach der Hälfte hinunter, beim dritten Mal klappte es, wenn auch unter lautem Fluchen. Oben angekommen kreuzte er die Beine um den Pfahl und setzte sich auf den horizontalen Träger. Er spielte ein paar kleine Improvisationen, wie um sich zu ermutigen und sich an die Höhe zu gewöhnen, die ihn auf wundersame Weise nicht allzu viel störte. Dann legte er los. Unter der Laterne hatte sich schon eine Menschenansammlung gebildet, manche riefen zu ihm hoch, andere applaudierten, aber Sigmund selbst nahm sie nicht wahr. Er wollte nur spielen. Seine ersten Töne waren noch verhalten und sanft, so als wolle er die Menschen beschwichtigen. Viele Fenster in der ganzen Straße gingen auf, jeder wollte dieses kuriose Konzert hören. Wer weiß, vielleicht stürzte dieser seltsame Vogel noch ab, da wollte man mit dabei sein. Dann aber, als Sigmund nochmals wie am Nachmittag das Klarinettenkonzert 622 von Mozart spielte, wurde es ganz still. Nur ein laues Lüftchen ging und trug die feinen Töne durch die Straße, über die Häuser hinweg, in die Nachbarschaft. Sigmund war selig, er spielte und merkte dabei gar nicht, dass sich unter der Laterne auch ein Fotograf und ein wichtiger Zeitungsmann versammelt hatten. Am nächsten Tag würde er auf der ersten Seite zu sehen sein, mit einem Bild und der Überschrift: »Kleiner Musikus ganz groß.« Noch nie hatte Sigmund vor so vielen Menschen gespielt, noch nie so viel Applaus bekommen. Glücklich wie ein kleines Kind am Geburtstag wankte er nach Hause, ließ sich, noch in seinem Anzug, auf sein Bett fallen und fiel in einen tiefen Schlaf.

Vormittags gegen elf Uhr wurde er von seiner Zimmerwirtin geweckt. Da er anscheinend in der Nacht nicht mehr abgesperrt hatte, stand sie kurzerhand mit der Zeitung und einem Telegramm an seinem Bett.

»Herr Lebebrecht, Herr Lebebrecht, so wachen Sie doch auf, Herr Lebebrecht, hören Sie mich?«

Sigmund knurrte unwillig.

»Herr Lebebrecht«, die Wirtin war ein Wunderwerk an Penetranz, »aufwachen, ich habe ein Telegramm für Sie, von der Oper. Och, Herr Lebebrecht, jetzt is doch mal gut mit Schlafen, ein Telegramm von der Ohoper.« Sie sang es fast.

Ihr durchaus voluminöser, wenngleich nicht reiner Altfrauensopran drang nun deutlich an Sigmunds Ohr. Oper. Telegramm. Er schlug die Augen auf und die Decke weg. »Was? Was machen Sie denn hier?«

»Guten Tag heißt das, möchte ich meinen. Na, Sie machen mir Spaß. Ich habe netterweise ein Telegramm entgegengenommen, von der Oper. Sie haben bestimmt die Stelle. Natürlich weiß ich das nicht sicher, weil ich gar nicht in das Telegramm reingeguckt habe. Aber schauen Sie mal, in der Zeitung auf Seite 1. Na, Sie sind mir einer. Und da Sie ja nun bestimmt ordentlich verdienen, wäre es sehr charmant von Ihnen, Ihren Mietrückstand zu bezahlen.« Nicht einmal in diesem Moment konnte sich die Wirtin solche spitzen Bemerkungen verkneifen.

Sigmund starrte auf sein Bild in der Zeitung, las die Überschrift, kniff die Augen zusammen, weil er anscheinend nicht richtig sah, und schüttelte nur ungläubig seinen ziemlich lädierten Kopf. Dann widmete er sich dem Telegramm, an dessen Wellen man sofort erkannte, dass es zuvor über Wasserdampf geöffnet worden war. Klar, seine Wirtin. Er schnaufte tief und grunzte nur unwillig. Die Wirtin stand derweil unverdrossen neben seinem Bett und tat so, als ob sie keinen blassen Schimmer hätte. Sigmund würdigte sie keines Blickes und versuchte, sinnerschließend zu lesen. *Stellenangebot bekommen – STOPP – 1. Probe heute um 1 Uhr mittags – STOPP.* »Habe ich die Stelle?«, fragte er mehr sich selbst und las die wenigen Worte wieder und wieder.

»Ja, das heißt das. Und wenn Sie jetzt nicht aus den Federn kommen und sich richten, sind Sie gleich am ersten Tag zu spät zur Probe. Ich mach Ihnen mal einen starken, heißen Kaffee.« Die Wirtin konnte auch mütterlich. Statt eines Dankes sprang Sigmund auf und nahm sie jubelnd in den Arm, um mit ihr eine Runde durchs Zimmer zu tanzen. Jauchzend befreite sie sich und drohte spaßeshalber mit dem Finger. Aber die nächste Miete schien gesichert.

Beschwingt und bester Laune trat Sigmund seine Stelle an. Er schien seinem langersehnten Traum, zukünftig mit der Klarinette seinen Lebensunterhalt zu verdienen, ein großes Stück nähergekommen zu sein. Endlich konnte er die strengen Eltern von seiner Rechtschaffenheit und Ernsthaftigkeit überzeugen und um Amalies Hand anhalten. Der Zeitungsartikel schlug ein wie eine Bombe. Viele erkannten und gratulierten ihm. In der Oper wurde er mit einem großen Hallo von seinen neuen Kollegen empfangen. Und in seiner Lieblingsdestille wurde ihm zugeprostet. Jetzt, da er eine berlinweite Größe war, konnten seine zukünftigen Schwiegereltern unmöglich »Nein« zu ihm sagen.

Sonntags klingelte er entsprechend frohgemut, frisch gescheitelt, mit tadellos geputzten Schuhen und einem nicht zu großen und nicht zu kleinen Blumenstrauß für die zukünftige Schwiegermama pünktlich an der Türe. Er war zum Kaffee geladen worden. Amalie öffnete und Sigmund nahm einen unsicheren Blick ihrerseits wahr. Gerade wollte er sie flüsternd fragen, was los sei, als sie ihn kopfschüttelnd durch die Diele in den Salon schob. Als Sigmund jenen betrat, fiel ihm augenblicklich die penible Sauberkeit und Ordnung auf. Vom gläsernen Lüster an der Decke bis hin zu den geknickten Samtkissen auf der Chaiselongue, alles strahlte eine erhabene und zugleich erdrückende Bürgerlichkeit aus. In der Mitte des Zimmers war ein runder Tisch mit einer Kaffeetafel gedeckt, auf einer mit kleinen Röschen verzierten Kuchenplatte thronte ein Marmorkuchen, der fast zu schön zum Anbeißen war. Die üblichen Höflichkeiten waren ausgetauscht, die Blumen – »Ach, das wäre aber nicht nötig gewesen« – überreicht, als man sich an die Tafel setzte und Amalie den frischen, nach Bohnen duftenden Kaffee brachte. Das alles verlief weitgehend schweigend und Sigmund überlegte beim Umrühren in seiner filigranen Tasse fieberhaft, wie er das Gespräch in die gewünschte Richtung lenken konnte. Vorsichtshalber trug er den Zeitungsausschnitt in seiner Anzugtasche. Vielleicht beeindruckte er jemanden hier damit.

Da begann der Vater mit seiner sonoren Stimme: »Herr Lebebrecht, Sie sind ja nun ein ordentliches Mitglied im Orchester der Oper, wie ich hörte.« Er räusperte sich mit Absicht.

»Ja, das stimmt«, meinte Sigmund zögerlich. Die ganze Atmosphäre irritierte ihn. Was wollte der Vater? Und warum sagte Amalie die ganze Zeit über nichts? Aber der Vater war noch nicht fertig.

»Verstehen Sie mich nicht falsch, ich muss Sie das jetzt fragen, schließlich sind Sie, da brauchen wir bestimmt nicht drumherum zu reden, hier, weil Sie meine einzige Tochter heiraten wollen.«

Sigmund sah ihn mit großen Augen an und nickte. Um etwas zu sagen, meinte er nur: »Gewiss, das stimmt.«

Amalie und die Mutter saßen wie zwei Unbeteiligte daneben.

»Gut, nun denn, was verdient man in solch einem Orchester? Wie ich ebenfalls hörte, sind die Gagen nicht sehr üppig.«

Allmählich begriff Sigmund, woher der Wind wehte. Er versuchte ein Lächeln. »Ach so. Ja, üppig ist es wirklich nicht gerade, aber auch nicht schlecht. Je nachdem, wie viele Spielzeiten ich verlängert bekomme, verdiene ich immer mehr.« Sigmund war mit sich und seiner Antwort zunächst ganz zufrieden, dann nahm er die entsetzten Gesichter der Eltern und sogar von Amalie wahr. Hatte er etwas Falsches gesagt? Es entsprach doch der Wahrheit.

Der Vater räusperte sich ein zweites Mal und nahm den Faden wieder auf. »Nun, also werden wir mit der Verlobung wohl noch etwas warten müssen, bis Sie mehr verdienen, wie Sie eben gesagt haben. Es sei denn«, er hob die Stimme und sah Sigmund geradewegs streng an, was vielleicht an dem ordentlich frisierten Schnauzbart lag. »Es sei denn, Sie tauschen die Klarinette ein.«

Sigmund glaubte, nicht richtig gehört zu haben. »Wie meinen Sie das? Die Klarinette eintauschen? Ich kann sie doch nicht eintauschen, ich brauche sie doch für meinen ...«, und allmählich dämmerte Sigmund, worauf der Vater hinauswollte. Ungläubig starrte er zuerst das ernst dreinblickende Familienoberhaupt, dann die Mutter und zuletzt Amalie an. Diese hielt seinem Blick stand.

»Sie könnten eine andere Stelle antreten, bei einem guten Bekannten von mir. Er ist Prokurist in einem Kaffee- und Teekontor. Dort hätten Sie geregelte Arbeitszeiten und könnten, wenn Sie sich als tüchtig und ordentlich erweisen, gut das Doppelte verdienen.«

»Aber ich bin studierter Klarinettist. Das ist mein Beruf. Und ich bin ein sehr guter Klarinettist. Mein Ziel ist es, einmal an den großen Opernhäusern der Welt zu spielen, wo man mehr verdient als in jedem Kontor.« Sigmund konnte immer noch nicht ganz begreifen, was hier vor sich ging. Er schüttelte leicht den Kopf und wiederholte, um sich zu vergewissern: »Dennoch meinen Sie, ich solle meine Klarinette gegen einen Bleistift und ein Kontobuch in einem Kaffeekontor eintauschen?«

»Ganz recht. Und Sie sollten mir dankbar sein, dass ich Ihnen diese Möglichkeit biete. Solche Stellen sind momentan äußerst schwer zu finden. Nur durch meine guten Kontakte zu ehrbaren Geschäftsmännern gibt es diese einmalige Gelegenheit. Und mal ganz nebenbei, das mit dem Luftkonzert ist vielleicht eine dolle Schlagzeile, aber so etwas gehört sich einfach nicht. Kein Ehrenmann klettert im angetrunkenen Zustand auf eine Laterne, wo sind wir denn? Mit derlei Verhalten schaden Sie sich selbst und zukünftig auch meiner Tochter. Das kann ich nicht dulden.« Damit ließ er sich an die Stuhllehne zurückfallen und sah auf seine goldene Taschenuhr.

Und als ob dies der Einsatz für die Mutter war, meinte sie mit dezent gespielter Liebenswürdigkeit: »Herr Lebebrecht, das sind nun natürlich alles viele Neuigkeiten für Sie, wir verstehen vollkommen, wenn Sie sich zuerst einmal mit unserer

Tochter bereden wollen. Amalie, begleite Herrn Lebebrecht doch noch auf einen kleinen Spaziergang.«

Allen war die Erleichterung über das Auflösen dieser äußerst angespannten Kaffeetafel anzumerken. Steifbeinig verließ Sigmund die Wohnung.

In einiger Entfernung zum Elternhaus war Amalie nicht mehr wiederzuerkennen. Sie griff nach Sigmunds Hand und redete und redete. Von der Verlobung, wer alles eingeladen würde und wann der beste Zeitpunkt für die Hochzeit sei. Amalie verstieg sich derart detailreich in Schnitt und Stoff ihres Brautkleides, dass Sigmund dies nur stumm staunend zur Kenntnis nahm. Aber Amalie hatte sich nicht nur mit den Feierlichkeiten, sondern zudem bereits mit ihrer beider Lebenssituation auseinandergesetzt. Strahlend erklärte sie ihm, dass sie beide das schöne hintere Zimmer in der Wohnung der Eltern beziehen und ganz nach eigenem Geschmack einrichten würden. Dadurch sparten sie die mittlerweile horrende Miete, die in den besseren Gegenden Berlins üblich wurde. Das sei auch deshalb praktischer, wenn Nachwuchs käme. Die Mutter würde sich ja jetzt schon über Enkelkinder freuen. Und wenn er es in drei oder vier Jahren zum Assistenten des Prokuristen geschafft hätte, könne man an eine eigene Wohnung denken oder sogar an ein Häuschen außerhalb von Berlin, im Grünen.

Amalie bekam vor lauter Planen und Erzählen ganz rote Wangen und glänzende Augen. Sigmund sah sie an und stellte fest, dass er sie noch nie so hübsch und aufgelöst und glücklich gesehen hatte wie jetzt mit ihm auf der Parkbank. Die Sonne tat ihr Übriges und tauchte die ganze Szenerie in ein goldenes Nachmittagslicht. Es war alles dermaßen schön und perfekt, dass Sigmund ganz elend wurde. Amalie bemerkte natürlich, dass Sigmund ihre Euphorie nicht teilte. »Was ist mit dir? Freust du dich denn gar nicht?« Sie schaute ihn mit ihren großen, dunklen Augen an und Sigmund wurde ganz schwach. Was sollte er nun sagen? Was sollte er tun? Es war klar, dass sie seine Zustimmung hören wollte. Vorsichtig, um nichts falsch zu machen, fing er mit seiner Rede an.

»Amalie, meine wunderhübsche, süße Amalie, natürlich freue ich mich. Nur, es kommt gerade alles überraschend. Ich will mit dir mein Leben teilen, will mit dir Kinder haben und ich wäre meinetwegen auch bereit, eine Weile bei deinen Eltern zu leben. Ich verstehe nur nicht, warum dein Vater unbedingt will, dass ich mit der Musik aufhöre. Das ist doch mein Beruf, und noch wichtiger, ich liebe die Musik. Ich liebe das Spiel auf der Klarinette. Das kann ich, da bin ich gut und ich glaube fest daran, dass ich irgendwann einmal der Beste sein werde.«

Sigmund kam derart ins Schwärmen, dass Amalie ihn lächelnd beschwichtigte. »Ja, irgendwann einmal, du bist gut. Bis dahin haben wir unsere besten Jahre vergeudet und es zu nichts gebracht, außer einer schäbigen Wohnung irgendwo, und meinen Eltern könnte ich nicht mehr unter die Augen treten.«

Sigmund sah sie ernsthaft an. Glaubte sie das wirklich? »Amalie, ich muss dich nun etwas fragen, das mit dem Tausch ist die Idee deines Vaters, oder? Du würdest mich doch auch heiraten, wenn ich ein armer Schlucker bliebe, der mit seiner Musik Geld verdiente?« Er übertrieb absichtlich, um dem Ernst seiner Worte Nachdruck zu verleihen. Ein Blick in Amalies entsetzte Augen genügte.

»Nein, wo denkst du hin? Es war meine Idee. Ich will keinen Künstler heiraten, der nie zuhause ist, selbst am Wochenende immer arbeiten muss, für einen Hungerlohn. Und dann wer weiß wen kennenlernt? Das ist jetzt ja mal ganz lustig, aber es ist brotlos, genau wie die Malerei. Und wie sich diese Künstler anziehen und gebärden. Ich kenne schließlich einige aus der Musikschule. So will und kann ich nicht leben. Das musst du verstehen. Sag mir, dass du das verstehst.« Amalie blickte vorwurfsvoll drein.

Sigmund wusste nicht, was er noch sagen sollte. Er schaute einer jungen Familie nach. Ein Papa im Sonntagsanzug, die Mutter mit einem neuen Hut, an ihren Händen zwei in Weiß gekleidete Mädchen und ein größerer Junge, der durch den

Park tollte und mit dem Vater rangelte. Sonntagsspaziergang, ging es Sigmund durch den Kopf. Er sah sich, mit einem grau melierten Schnauzbart, mit Amalie durch den Park flanieren, an jeder Hand ein Kind. Bei diesem Gedanken musste er lächeln, weil er ihm zum einen absurd, zum anderen aber plötzlich so echt vorkam. Er im Sonntagsanzug, mit der Zeitung und einer Zigarre. Zu Hause gab es dann Kaffee und irgendwann würde einmal ein junger Bursche aufkreuzen und um die Hand seiner Tochter anhalten und er würde fragen, wie er denn seine zukünftige Familie zu ernähren gedenke. Und wieder musste er lächeln und blickte melancholisch in die tiefer sinkende Sonne. Er stand auf, bot Amalie den Arm und sagte nur: »Ich bringe dich nach Hause.« Als Amalie ihn an der Haustür bat, doch noch zum Abendbrot zu bleiben, schüttelte er entschuldigend den Kopf. »Ich muss noch üben. Morgen ist Hauptprobe.«

Der Schwur

Prolog

Der Weltkrieg war nicht lange vorbei und steckte vielen Menschen noch in den Knochen. Dennoch, oder gerade wegen dieses schrecklichen Jahrhundertereignisses, wollten viele endlich aufatmen, leben, am Erfolg mitarbeiten, den allgemeinen und natürlich den eigenen Wohlstand mehren. Die Wirtschaft erholte sich langsam und zog obendrein mächtig an. Fachleute sprachen sogar von einem Wunder. Und genau darauf waren alle aus. Ein Wunder. Nichts weniger. Die jüngere Vergangenheit, womöglich gar die eigene Schuld, sollte gegen ein wohlgefälliges Verdrängen getauscht werden.

Auch in Sumpfbachau ging es mehr voran als in den Jahren zuvor. Die Landschaft war trotz des Krieges dieselbe geblieben und die Einbettung des Dorfes in das Kögelsteinmassiv war so atemberaubend schön, dass einem das Herz aufging. Im Sommer leuchteten die Wiesen in sattem Grün und der würzige Duft von Heu und Kräutern stieg jedem in die Nase. Der Moorwald mit seinen Moorfichten und der angrenzende Bergwald, der den Kögelstein wie ein grünes Band einrahmte, übten einen fast schon mystischen Zauber aus. Im Winter glitzerte der Neuschnee in der Sonne und funkelte wie abertausende Brillanten. Bei solch einem Anblick verharrte so mancher und spürte eine leise Demut in sich aufsteigen, die einem das Herz mit Dankbarkeit erfüllte. Selbst die Alteingesessenen wurden dieses Anblicks nie überdrüssig. So dauerte es nicht lange, bis Menschen von anderswo diesen

Zauber für sich entdeckten und diese Sehnsucht nach Frieden, vor allem in sich selbst. Die alten Bauernhöfe wurden aufgehübscht, in die Ställe zog die Melkmaschine ein, was den Bauern so viel Zeit ersparte, dass sie sich mehr um ihre Wiesen kümmern konnten. Natürlich mit Hilfe von neuesten Traktoren.

Dem Großbauern Harlacher gefiel diese Entwicklung. Seit er als junger Mann eine Zeit lang in der Stadt gearbeitet hatte, träumte er von den modernen Entwicklungen, die das Leben einfacher machten. Warum sollte, was in der Stadt funktionierte, nicht auch im ländlichen Raum möglich sein. Ihm stets treu zur Seite stand sein alter Freund Egginger. Die beiden kannten sich seit Kindertagen, und dass Egginger der Bürgermeister von Sumpfbachau war, tat der Aufbruchsstimmung keinerlei Abbruch. Im Gegenteil. Es erwies sich durchaus als hilfreich. Harlacher dachte zum Beispiel über die Errichtung von Skiliftanlagen nach. Kaum war diese Idee ausgesprochen, wurde sie im Gemeinderat sofort durchgewunken. Damit zogen nicht nur von überall her die Sommerfrischler in das Bergdorf, sondern auch zunehmend die Winterurlauber. Harlacher unterstützte zudem den Ausbau der Verbindungsstraßen, eines Hallen- und Freibads und eines Tourismusbüros, das den aufblühenden Fremdenverkehr perfekt organisierte. Die Einwohner von Sumpfbachau mussten fortan zum Arbeiten nicht den langen Weg ins Tal antreten, sie fanden ihr Auskommen plötzlich vor Ort. Bald arbeitete fast jeder oder zumindest jemand aus jeder Familie für den Aufstieg und es wäre nicht verwunderlich gewesen, wenn der Gemeinderat einer Dorfumbenennung in »Harlacher Berg« oder dergleichen zugestimmt hätte.

Der Harlacher hatte zwei Söhne, Kilian und Sebastian. Während der ältere Kilian stets versuchte, es dem Vater gleichzutun, zog es den jüngeren Bruder in die Welt hinaus. Denn auch das können Berge bewirken: ein Gefühl der Enge. Schon in der Schulzeit brachte sich Sebastian selbst Englisch bei. Man konnte oft hören, wenn er laut und überartikuliert »Jess

Sörr« rausposaunte, mit extra rollendem r, und dabei seine Hand wie beim Salutieren an die Stirn legte. Seinem Vater, dem dieser Ausspruch galt, gefiel das nicht. Woher der Bub bloß diese Flausen hatte? Der Alte wollte seinem Jüngeren auf keinen Fall erlauben, zur See zu fahren, wie dieser es sich in den Kopf gesetzt hatte. »Du gehörst hierher, in die Berge. Und nicht auf irgendein Meer. Das bringt nur Unglück und Schande über dich und die Familie. Du bleibst hier und tust das, was man von dir erwartet.« Harlacher Senior wischte mit der Hand über seine Brust, als ob er alle Zweifel mit dieser Geste ausräumen wolle. Dies veranlasste den Jungen dazu, seinem Vater ins Gesicht zu lachen. Dabei blitzten seine kornblumenblauen Augen auf und er entblößte eine Reihe wunderschöner Zähne. »Du kannst mir nichts verbieten. Meinst du, dass ich in Sumpfbachau versauern will?« Der Sohn sah die aufsteigende Zornesröte in des Vaters Gesicht.

Widerspruch duldete er nicht und Sebastian war offenbar schlau genug, ihn nicht weiter gegen sich aufzubringen. Beschwichtigend legte er die Hand auf seines Vaters Schulter und sah ihm in die Augen. »Sei froh«, sagte er in ruhigem Tonfall, »dass einer weniger um den Hof buhlt. Der Kilian ist eh viel geeigneter.« Harlacher missfiel das, dennoch war er stolz auf diesen hübschen, unbeugsamen Kerl, der sich nichts gefallen ließ. Wilder Hund, dachte er und: Wie ich damals. Wenn der Kilian doch nur etwas von seinem jüngeren Bruder hätte.

Zur selben Zeit arbeitete die junge Maria im Gemischtwarenladen des Dorfes. Der Laden führte ein reichhaltiges Sortiment, es gab alles von Lebensmitteln über Haushaltsartikel und neuerdings sogar Kosmetika, und gehörte ihrer Tante Luise. Luise liebte ihre Marei, wie sie von allen im Ort genannt wurde, wie eine Tochter. Vor allem, seit ihre eigenen Söhne im Krieg geblieben waren. Marei war nicht nur eine große Hilfe, sondern ebenso eine wohlgefällige Erscheinung. Ihre wilden dunklen Locken und die turmalinschwarzen Augen verliehen ihr etwas Geheimnisvolles. Die jungen Burschen im Dorf gaben sich zeitweilig die Ladentür in die Hand, wodurch eine kleine Klingel am oberen Türpfosten ausgelöst wurde. An manchen Tagen schellte es so oft, dass Luise scherzhaft meinte: »Hier geht's ja wieder zu wie auf dem Heiratsmarkt.« Augenzwinkernd riet sie ihrer Nichte: »Heirate nie den ersten Besten, das hat schon deine Großmutter zu deiner Mutter und mir gesagt. Und weil du niemanden mehr hast, muss wohl ich ein kleines Wörtchen bei der Brautschau mitreden.« »Geh, Tante«, Marei schüttelte daraufhin lachend den Kopf, dass die Locken nur so tanzten, »wenn ich mein Herz verlier, erfährst du es als Erste.«

So verging die Zeit, die Bewohner lebten mit den Jahreszeiten, arbeiteten fleißig und alles, was sich an kleineren und größeren Tragödien abspielte, verschloss man in seinem Herzen. So lange, bis es einmal ans Tageslicht kam.

Der Fund
55 Jahre später

Der Spätsommer war in diesem Jahr so voll satter Farben und einer noch angenehmen Wärme, dass Andreas Harlacher, Lehrer und Bürgermeister von Sumpfbachau, träumerisch seufzte. Es roch nach abgeernteten Wiesen und Feldern, Pilzen und leicht vergorenen Früchten. Kindliche Freude stieg in dem immer noch gut trainierten Mittfünfziger auf, weil es ihm gelungen war, die Nachmittagstermine im Rathaus zu verschieben. Das Wetter lockte ihn in die Berge. Und die Aussicht auf eine kleine Wanderung mit Moni. Er hatte an alles gedacht. In seinem Rucksack befand sich eine Hirschsalami, die er beim Jäger Christoph gegen Nachhilfestunden für dessen Sohn getauscht hatte. Zusätzlich hatte er Holzofenbrot und Heublumenkäse eingepackt, weil die Moni den so mochte. Ein schöner Spaziergang zu seinem Lieblingsplatz auf der kleinen Plattform unterhalb vom Gipfelkreuz und dort eine gemütliche Brotzeit, das war sein Plan. Sogar an zwei Flaschen Bier in einem Kühlbeutel hatte er gedacht. Moni würde das bestimmt gefallen. Bestens gelaunt summte er vor sich hin, als er seinen alten Audi in Richtung Kögelsteinmassiv lenkte. Kurz kamen ihm Bedenken. Hoffentlich kam Moni überhaupt – warum sollte sie nicht kommen – vielleicht war sie sich unschlüssig? Ach was! Sie waren erwachsene Menschen, er würde sie jetzt einfach anrufen, um ihr mitzuteilen, wie sehr er sich auf den gemeinsamen Ausflug freute, bei diesem strahlenden Wetter, und dass sie dann ... Da klingelte sein Handy. Es war nicht Moni, sondern Polizeimeister Mair. »Anderl, du musst sofort kommen – SOFORT!« Vor Aufregung schien er vergessen zu haben, dass er sonst eher ein gemächlicher Typ war, dem jegliche Hektik oder Hang zu Dramatik gänzlich fremd waren. Es musste wirklich etwas Besonderes passiert sein. Andreas' Miene verfinsterte sich. »Mair, was is' los? Die Bürgersprechstunde ist längst beendet und ich habe Feierabend!«, brummte er verdrossen ins Handy. Mairs Stimme nahm einen flehentlichen Ton an: »Ich weiß, trotzdem, es ist DRINGEND!«

Mit einem tiefen Seufzer, der dieses Mal alles andere als wohlig klang, bremste er den Audi, wendete und fuhr zur angegebenen Stelle. Mairs stümperhafte Angaben wiesen darauf hin, dass etwas Gravierendes passiert sein musste. Andreas parkte an der beschriebenen Stelle beim Moorwald und sah schon von Weitem, dass ein Großaufgebot an Menschen sich dort versammelt hatte. Die meisten zückten ihre Mobiltelefone und filmten hektisch, während sie alles lautstark kommentierten. Es sah aus wie das Abschlussprojekt einer Studiengruppe der Filmakademie. Andreas blies die Wangen auf und schüttelte verständnislos den Kopf. Dieses ständige Handy-in-Armlänge-vor-das-Gesicht-Halten und Reinsprechen blieb ihm fremd. Obwohl er durchaus offene Ansichten hatte und als hauptberuflicher Lehrer an einem Gymnasium über genügend Erfahrung mit den neuen Medien und der jungen Generation verfügte, offenbarte ihm sich der Sinn dieses Tuns kaum. Was stellte man dabei zur Schau? Und für wen? Wahrscheinlich ging es lediglich darum, gut auszusehen. Gemessenen Schrittes näherte er sich der Meute und entdeckte einige von Mairs Polizeikollegen vor Ort. Die wuselten innerhalb einer mit rot-weißem Flatterband abgesperrten Zone herum. Ungläubig blieb er stehen und starrte auf Menschen, die in weißen Ganzkörperanzügen zielsicher Richtung Moorwald stapften.

»Anderl, endlich!«, Mairs hochroter Kopf zeigte eine bedenkliche Alarmstufe. »Wir haben eine Moorleiche.« Andreas riss die Augen auf und versuchte, Mairs Schnappatmung zu ignorieren. »Die Experten aus München sind schon da.«

Ungläubig stierte Andreas auf das Fachpersonal. »Eine Moorleiche? Und warum hast du mich aus dem Feierabend geholt? Das ist Sache der Polizei«, er tippte Mair unsanft auf die Brust, »und DU bist hier der Polizeichef.«

Mairs Gesichtsfarbe näherte sich bei dieser Bemerkung der äußersten Alarmbedenklichkeitsstufe, denn er fing an zu stammeln. »Ja ..., aber ..., ich meine ..., DU bist doch der Bürgermeister«, versuchte er, die Dringlichkeit der Angelegenheit zu unterstreichen. »DU musst immer wissen, was in der Gemeinde passiert.« Er zeigte mit dem Finger in Richtung des Fundes. »Das hier«, er machte eine für ihn vollkommen untypische Kunstpause, als würde er seiner Aussage mehr Gewicht verleihen wollen, »das hier wird in unserer Gemeinde alles ändern«, sprach der Polizeichef staatstragend, denn er hob feierlich und wie ein Politiker beide Hände. Anderl lachte »Ach, daher weht der Wind, du witterst eine Sensation? Gut, dann zeig mir mal deine Moorleiche.«

Die Sensation?

Beim Anblick des ledrigen Irgendwas beschlich Andreas ein seltsames Gefühl und er schaute schnell weg. Während die Forensiker versuchten, alle Spuren zu sichern, achtete die Polizei eifrig darauf, dass keiner der Schaulustigen dem mumienartigen Wesen zu nahe kam, das allem Anschein nach ein Mensch aus Fleisch und Blut gewesen war.

Dank der Anwesenheit vom Bürgermeister hatte Mair offenbar in seine Rolle gefunden und es war ihm anzusehen, dass er regelrecht aufblühte. Mit Strenge in der Stimme verscheuchte er die Gaffer und Sensationslustigen. »Geht nach Hause, alles, was hier passiert, könnt ihr eh in der Zeitung nachlesen oder auf TickTack anschauen.«

Tatsächlich hatte auch Andreas bereits die Schmiedinger von der Kreiszeitung gesichtet. Sapperlot, wo kamen die immer so schnell her?

»Chef, ich sag dir, diese Leiche wird unser Schicksal bestimmen. Vielleicht liegt die schon seit tausend Jahren im Moor und ist einer unserer Vorfahren.« Mair geriet regelrecht ins Schwärmen.

Andreas blockte sofort ab: »Naaa, meiner sicher nicht!«

Aber Mair ließ sich nicht beschwichtigen. »Doch, das ist vielleicht wie beim Ötzi und weißt du, was das bedeutet? Wir werden berühmt. Weil er bei uns entdeckt wurde, und wenn dann ...« Weiter kam er nicht.

»Genau, wer hat die Leiche überhaupt entdeckt?«, allmählich wurde es Andreas zu bunt. Aus seinem schönen Wandertag mit Moni würde wohl nichts mehr werden. Und überhaupt Moni, er schlug sich mit der Hand vor die Stirn. Er musste sie dringend anrufen. Mair seinen Träumen von einer Sensationsnachricht überlassend, zückte er sein Handy, um Moni eine Nachricht zu schicken. Hoffentlich würde sie das verstehen.

Mit einem Seufzer ging er zur Spezialeinheit: »Grüßt euch, Andreas Harlacher mein Name, ich bin der Bürgermeister.«

Die Weißgekleideten nickten in seine Richtung, machten indes keine Anstalten, sich ihm zuzuwenden. Endlich erbarmte sich einer von ihnen. »Servus, Yildirim, Forensische Abteilung der Kripo München. Na, da ist ja mal was los in Ihrem Ort, was?« Er lachte wie ein kleiner Sumpfgeist und schien keinerlei Duzbereitschaft zu signalisieren.

Typisch Münchner, dachte Andreas und verzog keine Miene. »Ähm ... Was ist eigentlich los? Liegt hier wirklich ein Mensch?«

Der Münchner hob seine Augenbrauen, was ihn noch einen Tick arroganter erscheinen ließ. »Was dachten Sie denn? Ein Tier? Nein, es handelt sich durchaus um einen Menschen. Mehr können wir noch nicht sagen. Wir müssen ihn erst einmal gänzlich freilegen. Das wird dauern, weil der Körper extrem verdreht liegt. Außerdem brauchen wir einen Spezialtransporter zum forensischen Institut nach München. Das wird heute nix mehr, weil der eben in der Inspektion ist.« Andreas atmete ein und aus, aber das Superhirn war noch nicht fertig mit seinen Ausführungen. »Sie könnten sich nützlich machen und für uns einen Keller oder gekühlten Lagerraum beschaffen, damit wir ihn bis morgen vor Ort aufbahren können.«

Der Fachmann grinste salbungsvoll. Andreas' Augen verengten sich. Das wurde ja immer besser. Keine Wanderung, keine Moni, dafür ein hysterischer Polizeichef und ein Leichenfuzzi, der IHM Anweisungen gab. Er räusperte sich, um das Machtgefüge geradezurücken. Das war sein Ort. Hier war ER der Chef.

»Hm, ich kann den Jäger fragen, ob die Wildkammer der örtlichen Jagdgenossenschaft zufällig frei ist, da gibt es eine Kühlung.« Schulterzuckend hob er die Hände, um es dem Neunmalklugen nicht zu leicht zu machen. »Ich sagte zufällig. Wir haben Jagdsaison. Normalerweise hängen dort Rehe und Hirsche. Und das können wir dem oder der hier«, er zeigte in Richtung der Mumie, »sicher nicht zumuten.« Zufrieden mit sich meinte er versöhnlicher gestimmt: »Was muss man denn beim Moorleichenaufbewahren beachten?« Innerlich gratulierte er sich zu dieser Frage. Auch der Forensiker schien überrascht, so deutete Andreas zumindest seinen Augenaufschlag.

»Gut, dass Sie fragen. Wie gesagt, die Leiche braucht Kühlung, aber nicht zu kalt, einfrieren darf sie nicht und wir sollten sie auf Moorflüssigkeit betten. Das konserviert.«

Anderl streckte seinen Brustkorb hervor. Gut, es ging eben nicht ohne ihn. Dafür war er jetzt da. »Ich kümmere mich darum«, sagte er und nickte dem Moorleichenfachmann zu.

»Haben Sie noch eine Frage, Herr Bürgermeister?«

»Nun ja ... kann man auf die Schnelle wirklich noch nichts sagen? Zum Beispiel wie lange die Leiche schon im Moor liegt?«

Der Forensiker lächelte, schien erneut Oberwasser zu gewinnen. »Nein, sorry, da kann ich noch gar keine Auskunft geben. Zuerst muss die Moorleiche geborgen und dann aufgebahrt werden. Am besten passen Sie heute Nacht gut auf die Mumie auf, denn je weniger verändert wird, desto genauer wird die Exhumierung ergeben, ob sich Ihr Dorf«, er betonte das Wort übertrieben, »über einen neuen ›Frozen Fritz‹ freuen darf. So nennen die Amerikaner den Ötzi. Vielleicht einen ›Muddy Sepp‹ oder so was.« Erheitert lachte er über seine eigene Idee und klopfte Anderl auf die Schulter. Dieser schnaufte tief durch, um nicht die Beherrschung zu verlieren. Schmallippig nickte er und kehrte auf dem Absatz um, das Grinsen Yildirims im Rücken spürend. »Muddy Sepp«, das wurde ja immer blöder.

Das Wiedersehen

Die Nachricht von der Moorleiche verbreitete sich rascher als ein Lauffeuer auf trocknem Gras. Dank zahlreich viral gehender Videos, gewürzt mit mehr oder weniger klugen Kommentaren, war die Rede von einem Sensationsfund, einem Mordopfer aus jüngerer Zeit, einem Tier in Menschengestalt. Einer schwor sogar Stein und Bein, dass es sich um eine seltene Saurierart handeln würde. Stündlich verdoppelten sich die Likes und Sumpfbachau war zumindest für einen Tag in aller Munde. Frau Schmiedinger von der Kreiszeitung schrieb eine exklusive Onlinestory mit der Headline: Ein Dorf jubelt: WIR HABEN DEN MUDDY SEPP!

Andreas Harlacher schüttelte so oft den Kopf, dass ihm latent schwindelig war. Die Schmiedinger hatte sich also mit dem Moorleichenfuzzi, diesen Yildirim, unterhalten. Gewiss konnte der ihren grünen Smaragdaugen nicht widerstehen und plauderte, was das Zeug hielt. Der Gedanke an Herrn Yildirim erinnerte ihn daran, dass er noch mit Christoph, dem Jäger, telefonieren musste. Dieser hatte natürlich bereits vom neuen »Zuwachs« in der Gemeinde gehört. Er war ein sympathischer, naturverbundener Zeitgenosse, der nicht viel auf das Geschwätz und obendrein nichts auf die mediale Glitzerwelt gab. Ohne großes Aufheben versprach er, sofort alles in die Wege zu leiten, dass die »arme Seele«, wie er die Moorleiche nannte, würdig und geschützt aufgebahrt werden könne. Er würde sich zudem mit den anderen Jägern darum kümmern, dass keine Störenfriede in die Wildkammer eindrangen. Andreas fiel ein Stein von Herzen.

Er war dabei, sich zu verabschieden, da hatte Christoph noch eine Idee.

»Du, Anderl, hast du die Leiche schon genauer angesehen?«

Andreas verneinte und schob ein verwundertes »Wieso?« hinterher.

»Vielleicht ist sie nicht so alt, wie ihr glaubt, und irgendjemand von den Älteren erkennt ihn.«

Andreas stutzte. »Wie meinst des jetzt?«

Christoph schwieg, als wolle er seine Worte genauestens abwägen. »Mein Vater hat oft erzählt, dass damals, in den Sechzigern, einer verschwunden ist.« Er machte eine bedeutungsschwere Pause.

Allmählich dämmerte es Andreas, worauf Christoph hinauswollte. »Du meinst meinen Onkel Sebastian?« Der Jäger schwieg erneut, was Anderl als Zustimmung auffasste. »Vielleicht kommst nachher mit der Marei vorbei.«

Zu seinem Elternhaus etwas außerhalb vom Gemeindezentrum brauchte er zehn Minuten mit dem Auto. Andreas war sich nicht sicher, ob ein Gespräch mit seiner Mutter eine gute Idee war. Christoph hatte recht. Seit dem Tod seines Vaters Kilian wäre sie die Einzige, die ihren Schwager Sebastian erkennen könnte. Oder zumindest etwas, das von ihm übriggeblieben war. So wie Yildirim sagte, hatte man einen Rucksack in der Nähe gefunden. Manchmal waren solche Funde, die lange im Moor lagen, hilfreich für die Identifizierung. Den Spezialisten war es zum Teil sogar möglich, zu ermitteln, was unmittelbar vor dem Tod gegessen wurde. Dennoch haderte er damit, ob er den Anblick einer Moorleiche, die er selbst nicht schaffte, genauer anzusehen, seiner Mutter zumuten wollte. Langsam fuhr er in die Kurve, die zu ihrem Haus führte. Ach was. Maria, die von allen schon immer Marei genannt wurde, war eine durchaus starke Persönlichkeit. Er tippte ihren Namen auf seiner Freisprechanlage an, um sie zu fragen. Dann wäre es ihre Entscheidung, ob sie eine Konfrontation mit der Moorleiche wünschte.

Marei stand indes bereits ausgehfertig am Fenster, als sie den alten Audi ihres Sohnes die Auffahrt regelrecht hochscheppern hörte. Fesch schaut er scho' noch aus, mein Anderl, dachte sie. Ihr mit erstaunlich wenig Falten umnetzter Mund formte sich zu einem verschmitzten Lächeln. Die dunklen Augen waren eingetrübt und die Locken mittlerweile eher grauweiß denn schwarz. Die junge schöne Marei war aber durchaus noch gut zu erkennen. Marei trat vor die Tür, als Anderl ausstieg. »Servus, mein Sohn, gehen wir.« Die Wildkammer der Jägerschaft befand sich in unmittelbarer Nähe zum Bergwald, der an die Moorfichten grenzte, dem Fundort der Leiche.

Die ersten Minuten der Autofahrt vergingen im Schweigen, bis Maria sich ihrem Sohn zuwandte und als Erste die Stille durchbrach: »Wer hat die Leiche gefunden?«

Seltsamerweise fühlte sich Anderl unter dem Blick seiner Mutter unwohl. Wie komisch sie das fragt, dachte er. »Die genauen Umstände kenne ich noch nicht. Der Mair kommt gleich dazu, der wird es uns erzählen.«

Marei schien unzufrieden, denn sie legte nach: »Du musst doch gefragt haben, wer ihn gefunden hat.«

Anderl war genervt. »Mutter, ich bin nicht die Polizei, die muss das wissen. Ich bin nur der Bürgermeister und hab deswegen den Schlamassel an der Backe.«

Marei nickte, was wohl als Bestätigung zu deuten war. »Glaubst du auch, dass es der Sebastian sein könnt?«

Andreas starrte stur geradeaus, als hätte er sie nicht gehört. Der Rest der Fahrt verlief erneut schweigend.

Christoph wartete bereits vor der Wildkammer und empfing die beiden, indem er seinen Filzhut lüftete. »Habe die Ehre, Marei, gut, dass du kommst.«

Anderl dachte bei sich, dass das für den Christoph eine fast schon überschwängliche Begrüßung war.

Seine Mutter schien gefasst, dennoch fiel es ihm schwer, sie zu durchschauen. Sanft schob er sie zum Eingang.

Die Wildkammer von Sumpfbachau war vom Boden bis zur Decke gekachelt und mit einem Waschbecken und diversen Schlauchanschlüssen ausgestattet. Von der Decke hingen an einer Schiene Haken an eisernen Ketten herab, die man mit einem elektrischen Flaschenzug bewegen konnte. Andreas war früher oft mit seinem Vater hier gewesen, der zu den Jägern des Ortes gehört hatte. Dennoch überkam ihn ein komisches Gefühl, weil er es als zynisch empfand, an diesem Ort eine menschliche Leiche aufzubahren. Auf der anderen Seite waren Pathologien gewiss ebenfalls keine schöneren Orte, wenn er an die zahlreichen Fernsehkrimis dachte.

Die Moorleiche lag im hinteren Kühlbereich, gebettet auf Moorflüssigkeit, genauso, wie es der Forensiker empfohlen hatte. Der Körper des Toten war in sich verdreht, dennoch als solcher sehr gut erkennbar. Auffallend waren die orangeroten Haare. Wie Pumuckl, schoss es Anderl durch den Kopf, aber er hütete sich, es auszusprechen. Weil er vollkommen in die Betrachtung der Mumie versunken war, bemerkte er nicht, wie Marei blass wurde. Erst als sie schwankte, eilte er zu ihr, um sie zu stützen. Sofort krallte sie sich an den starken Arm ihres Sohnes, den Blick weiterhin auf den Aufgebahrten geheftet. Andreas spürte ein Zucken, das durch ihren Körper lief, gefolgt von einem Schluchzen. Er hielt seine Mutter fest, deren Hände zitterten. »Mama, komm, wir gehen raus. Ich wusste es, dass ...« Marei löste sich von ihm. Sie trat einen Schritt nach vorn und nickte. Unaufhörlich bewegte sich ihr Kinn auf und ab. Anderl blieb dicht bei ihr. »Mama, wer ist das? Kennst du ihn?« Als ob sie auf diese Frage gewartet hätte, brachen bei ihr alle Dämme. Das Schluchzen verstärkte sich und Tränen flossen über ihre Wangen. Ihr Körper schien sich vor Schmerz zu krümmen und sie stieß stakkatoartige Klagelaute aus. »Das ist, das ist ...«, setzte sie an. Anderl war zu beschäftigt mit dem Zustand seiner Mutter und gleichzeitig zu irritiert von der Unwirklichkeit dieser Situation, um nachzufragen, ob das sein Onkel sei.

»Ist das der Sebastian?« Die Frage durchschnitt die Szenerie wie ein Schwert. Augenblicklich beruhigte sich Marei, drehte sich zu Mair, der kurz vorher in die Wildkammer gekommen war, um die entscheidende Frage zu stellen. Mit tränennassem Gesicht nickte sie ihm zu.

Andreas starrte auf die Leiche. Das sollte sein Onkel sein? Diese Moorleiche war der Bruder seines Vaters? Jetzt war er es, der schwankte. »Das gibt es doch nicht. Mama, woran erkennst du das? Hatte er rote Haare?« Fassungslos schüttelte er den Kopf und murmelte gebetsmühlenartig etwas wie: »Das kann nicht sein, das gibt es nicht.«

Marei zeigte stumm auf den Rucksack.

»Nur an einem Rucksack erkennt man doch keine Moorleiche, ich meine, die sehen alle gleich aus, und die roten Haare, du hast nie etwas davon erwähnt ...«

»Herr Harlacher, es könnte sein, dass wir einen Treffer haben.« Anderl erkannte die Stimme und die Sie-Form. Der Forensiker aus München stand hinter ihm. Ausnahmsweise gab er keine ironischen Bemerkungen von sich, wofür er ihm in diesem Moment dankbar war.

Herausfordernd schaute Anderl ihn an und zeigte auf die Haare. »Niemand hatte und hat in unserer Familie rotes Haar. Oder, Mama?« Marei stimmte mit einem Nicken zu.

Yildirim blieb bei seiner These. »Die Moorleiche liegt seit geraumer Zeit in der Moorflüssigkeit, wahrscheinlich kaum einen Meter tief, dennoch ganz von Moor bedeckt und unter der Grasnarbe, wenn Sie so wollen. Die Gerb- und Huminsäuren, die sich im Moor entwickeln, lösen den Kalk aus den Knochen. Dadurch wird der Leib quasi mumifiziert. Ein einfacher chemischer Prozess. Er bewirkt, dass der Körper nicht von der Leichenstarre betroffen ist, sondern eine biegsame Konsistenz aufweist, gut erkennbar an der bräunlichen Lederhaut.« Der Forensiker schien komplett in seinem Spezialgebiet aufzugehen.

»Aber die Haare«, unwirsch schüttelte Anderl seinen Kopf und verschränkte die Arme.

Der Mumienfachmann säuselte in fast zärtlichem Tonfall: »Die Huminsäure färbt bei vielen Moorleichen die Haare feuerrot. Wir nennen das den Pumuckl-Effekt.« Er nickte, wohl um bei ihm den letzten Restzweifel auszuräumen, und zeigte auf den Rucksack. »Erkennen Sie diesen, Frau Harlacher?«

Marei schien aus ihrer Schockstarre zu erwachen. »Ja!« Andreas nahm verwundert die Festigkeit in ihrer Stimme wahr. »Wenn der Rucksack am Boden einen Flicken hat, ist es gewiss seiner.«

Der Forensiker hob den Rucksack vorsichtig an, um ihn nicht zu beschädigen, und siehe da, am Boden war immer noch eine deutlich andere Textilfärbung erkennbar mit einem Rand, der eine Naht sein konnte.

»Ganz genau können wir das erst sagen, wenn wir ihn in München untersucht haben. Wir machen uns gleich morgen, nach dem Transport, an die Arbeit. Mit der sogenannten C14-Methode zur Untersuchung von Moorleichen und der dazugehörigen Pollenanalyse können wir ziemlich sicher feststellen, seit wann er im Moor lag.«

Andreas fiel der bemüht eifrige Tonfall von diesem Yildirim auf. War er am Ende doch ganz passabel?

»Na, das ist ja wirklich mal ein interessanter Fall, den Sie uns da beschert haben. Hat man nicht alle Tage. Der Bericht geht an die zuständige Polizei.«

Nein, dachte sich Anderl, er war nicht passabel. Wie redete er denn von dem Toten, der allem Anschein nach, sein Onkel war?

Ratlos stand die Truppe um die Moorleiche herum, und zum ersten Mal schaute Anderl ihr näher ins Gesicht. »Er sieht verzerrt aus, so gequält als hätte er gelitten«, meinte er mehr zu sich und bereute es im selben Augenblick, denn Marei schüttelte es in einem erneuten Heulkrampf durch. Sie hörte nicht mehr auf zu weinen. Anderls tröstende Hand schlug sie aus. Im letzten Moment konnte Mair sie davon abhalten, sich auf den dürren Lederkörper des vermeintlichen Sebastian zu stürzen, um sich an seiner offensichtlich in Loden gekleideten Brust auszuweinen. Andreas schaute entsetzt auf die Szenerie, unfähig, irgendetwas Sinnvolles zu sagen. Hilflos blickte er zu Mair, der nur bedauernd mit den Schultern zuckte. »Mama, beruhige dich.« Nach einer gefühlten Ewigkeit zog er Marei mit sanftem Druck von der Moorleiche weg. »Komm, wir lassen ihm nun seinen Frieden.«

Es dämmerte bereits, als sie aus der Wildkammer traten. Christoph hatte gewartet, um abzuschließen und ein wachsames Auge auf den Toten zu haben. Zum Glück hatten sich bislang zumindest hier noch keine Gaffer versammelt. Mair verabschiedete sich mit einem »Muss noch einmal aufs Revier« und auch Christoph nickte zum Abschied.

Andreas bugsierte seine mittlerweile verstummte Mutter in den Wagen. Die letzte halbe Stunde hatte ihn fassungslos gemacht. Was war das? Warum hatte seine Mutter so heftig reagiert? Warum hatte sie mehr geweint als am Grab vom Vater vier Jahre zuvor? Er setzte sich ans Steuer im Begriff, den Zündschlüssel zu betätigen, da kam es vom Beifahrersitz wie aus einer anderen Welt: »Es war ein Tausch.«

Die Befreiung

Es verging eine kleine Ewigkeit, in der Mutter und Sohn stumm im geparkten Auto saßen und aus dem Fenster starrten. Als es immer dunkler wurde, räusperte sich Andreas. »Mama, wir haben jetzt zwei Möglichkeiten. Ich fahre dich heim und wir vergessen das alles.« Endlich drehte er sich zu Marei und dann brach es aus ihm heraus: »Also wir vergessen die Geschichte, die sich eben abgespielt hat. Nämlich, dass da in der Wildkammer«, er zeigte mit einer halben Drehung in die Richtung, »eine Moorleiche liegt, die heute Nachmittag aufgetaucht ist, im wahrsten Sinne des Wortes, und dass es sich dabei um den Bruder meines Vaters handelt und du einen regelrechten Zusammenbruch hattest. Aber ehrlich gesagt: Ich kann nicht so tun, als ob das nichts war.« Wieder wartete er auf eine Reaktion, doch Marei starrte nur vor sich hin. Deshalb legte Anderl noch eins drauf: »Mama, es gibt noch eine zweite, bessere Möglichkeit, wie ich finde. Du erzählst mir hier und jetzt, was es mit diesem Wiedersehen auf sich hat und vor allem: Was meintest du mit ›Es war ein Tausch‹?«

Nun kam Leben in Marei. Sie drehte das Gesicht zu ihrem Sohn, mit einem Ausdruck, der irgendwo zwischen Verzweiflung und Erleichterung lag. Andreas vermochte ihn nicht recht zu deuten. Dann begann Marei zu erzählen. Zuerst durcheinander, die Worte purzelten regelrecht aus ihr heraus, so als ob sie viele Jahre tief eingegraben waren und plötzlich, wie durch einen dünnen Spalt, alle auf einmal herausbrechen wollten, um ja nicht unausgesprochen zu bleiben.

Der Tausch

»Es war eine andere Zeit. Der Krieg war noch überall zu spüren. Man ging dazu über, die schrecklichen Erlebnisse zu verdrängen und zu vergessen. Und das gelang erstaunlich gut. Das könnt ihr Jüngeren euch heute nicht mehr vorstellen, aber es musste ja weitergehen. Dass man sich zusammensetzte und darüber redete, was einen bewegte, war nicht üblich. Ein jeder machte das mit sich aus. Und was sich allmählich in den Städten wie München abspielte, mit den Studenten und den Demonstrationen, das kannten wir nur aus der Zeitung. Manche hatten bereits einen Fernseher und man konnte sehen, wie sich junge Menschen mit der Polizei prügelten und demonstrierten, sogar mit Waffengewalt. Du hättest hier dann die Älteren hören sollen, vor allem den alten Mair, den Vater mein ich, der war ja gleichfalls Dorfpolizist. Darunter waren noch so viele Ewiggestrige, die schimpften über das langhaarige Studentenpack und dass beim Adolf nicht alles schlecht gewesen wäre und dass man denen das Arbeiten schon beigebracht hätte. Ich fand das widerlich, sagte aber nichts. Junges Ding, das ich war, wer hätte denn auf mich gehört? Die Bilder aus München machten indes auch mir Angst, weil es zum Teil aussah wie im Krieg. Bei uns war es friedlich und überall wurde gebaut und alles wurde lebenswerter. Damit fühlte ich mich sicherer.

Du weißt ja, dass ich früh meine Eltern verloren habe und dass sich Tante Luise um mich kümmerte wie um eine Tochter. Sie führte seit ewigen Zeiten den Dorfladen. Der Krieg hatte von uns allen viel abverlangt, selbst wenn es hier nicht so verwüstet und zerstört aussah wie in den meisten Städten. Trotz der entbehrungsreichen Zeiten schickte mich Tante Luise in die Schule und ließ mich etwas lernen. Es war klar, dass ich danach den Dorfladen übernehmen würde. Und mir gefiel die Idee. Ich wollte eine moderne junge Frau sein, mit einem eigenen Beruf, genauso wie ich es in den neuen Magazinen sah, die wir in der Urlaubssaison für die Touristinnen aus der Stadt im Angebot hatten. An Verehrern mangelte es nicht, das kannst du mir glauben, ich war schon ein sauberes Madel, wie man heute sagen würde. Meine Unabhängigkeit war mir hingegen heilig. Bis Sebastian kam.

Sebastian war nur knapp zwei Jahre jünger als dein Vater. Deine Oma war schon durch die Geburt von Kilian geschwächt, damals sagte man, dass sie zu wenig Blut hätte und obendrein nicht allzu robust war. Vielleicht hätte sie kein zweites Kind bekommen dürfen, aber darauf nahm man keine Rücksicht. Es kam nicht selten vor, dass Frauen bei Geburten starben, und genau das passierte mit deiner Oma kurz nach Sebastians Geburt. Dein Opa musste sich um ein Kleinkind und ein Neugeborenes kümmern. Da er Großbauer war, hatte er zum Glück Unterstützung. Er selbst kümmerte sich ebenfalls, so gut es ging, denn dein Vater hat immer mit Liebe und Respekt von ihm gesprochen. So sind dein Vater und Sebastian aufgewachsen und beide hatten sich zu stattlichen, starken und gutaussehenden Burschen entwickelt. Nur dass der Jüngere ein rechter Draufgänger und dein Vater eher ruhig und besonnen war. Dennoch passte kein Blatt zwischen die Brüder, und vor allem dein Vater, der Ältere, fühlte sich stets verantwortlich für Sebastian. Als Söhne vom Großbauern standen die Madeln natürlich Schlange und sahen ihre Chance, um in den reichsten Hof einzuheiraten. Das war damals so etwas wie ein Lottogewinn. Ich machte mir keinerlei Hoffnungen, weil ich nicht aus einer der angesehenen Familien kam, und außerdem hatte ich den Dorfladen. Ich brauchte also keinen Mann, der mich ernährte. Vielleicht war es genau das, was viele Burschen anzog. Alle kamen sie in den Laden, um mich zu sehen und mir schöne Augen zu machen. Ich blieb bei allen gleichbleibend freundlich, bis zu dem Tag, an dem der Sebastian im Laden stand. Mitten am Tag. Ich weiß noch genau, dass ich beim Einräumen der Regale auf einer Leiter stand und ihn erst nicht bemerkte.

›Soll ich dir helfen?‹, fragte er zu mir hoch, und ich wäre vor Schreck fast von der Leiter gefallen. Dann grinste er mich an, seine blauen Augen leuchteten und mich traf der Blitz. Anders kann ich es nicht ausdrücken. Ich weiß bis heute nicht, wie ich trotz meines Zitterns von der Leiter runterkam. Er bemerkte das und es war mir ungemein peinlich. Wir standen uns gegenüber und mir kam kein Wort über die Lippen, so aufgeregt war ich. Er lachte nur: ›Darf ich dich morgen Abend abholen?‹ Und weil ich immer noch nichts sagen konnte, kam er näher und flüsterte: ›Ich will mit dem schönsten Mädchen zum Dorffest gehen.‹ Er zwinkerte mir zu, und ich kam mir dämlich vor, weil ich nur zu nicken vermochte. Als er mir über die Wange strich, wäre ich beinahe geplatzt vor Liebe. Denn genau das war es – Liebe. Das Gefühl war so mächtig, es kribbelte überall und verdammte mich zur Bewegungsunfähigkeit. Das musste Liebe sein!

Davon hatte ich in den Magazinen gelesen und von Freundinnen gehört. Ich weiß das so genau, da ich mir geschworen habe, es nie zu vergessen. Leider wurde es kompliziert, weil Sebastian sich nicht festlegen wollte. Bei einem Treffen war er abweisend und herrschte mich regelrecht an, dass ich niemandem von uns erzählen dürfte, weil er sonst sofort weg wäre. Ich litt unter seinen Stimmungsschwankungen wie ein Hund, allerdings war meine Angst, ihn zu verlieren, größer. Auf der anderen Seite konnte er so liebevoll und fürsorglich sein und sprach sogar vom Heiraten. Dass er eigentlich zur See fahren wollte, darüber erzählte er mir nie etwas, das hörte ich nur manchmal von den Tratschtanten auf der Straße. Natürlich trieb mich der Gedanke um, ihn direkt mit den Gerüchten zu konfrontieren. Aber wenn Sebastian gut gelaunt war, wollte ich die verliebte Stimmung nicht kaputtmachen, und wenn er bärbeißig war, hätte ich mich seine Launen nicht anzusprechen getraut. Das war die Zeit, in der ich mich ihm voll auslieferte und meine Ziele von einem eigenständigen Leben aus den Augen verlor. Ich vertröstete mich damit, dass schon irgendwie alles gut würde. Wenn nur meine Liebe stark genug wäre, würde das den Sebastian überzeugen, dass wir beide eine gemeinsame Zukunft hätten. Das, was man halt so denkt, wenn man jung, verliebt und vor allem unerfahren ist. Innerhalb kürzester Zeit wurde ich von einer jungen, energiegeladenen Frau zu einem verhuschten Nervenbündel. Ich hatte Angst, dass das jemand bemerkte, und tat einfach so, als würde mich seine Unentschlossenheit nicht quälen. Nachts schlief ich kaum, aus Sorge, dass ich Sebastian verlieren könnte. Dennoch riss ich mich zusammen und ließ mir nichts anmerken. Bis ich merkte, dass ich schwanger war.

Das kann man heute schwer glauben, aber es war eine Katastrophe, als Unverheiratete ein Kind zu erwarten. Noch dazu von einem der Harlacherbrüder. Da hätte gleich jeder gesagt, dass ich dem Sebastian das Kind nur untergeschoben hätte und Schlimmeres. So waren die Zeiten. Das moderne Leben, wie damals schon in München, gab es in Sumpfbachau zu dem Zeitpunkt noch nicht. Ich bat Sebastian um ein Treffen an unserem Platz, einem alten Jägersitz, in der Waldlichtung am Fuß vom Kögelstein. Über meine Schwangerschaft schwieg ich vorerst aus Angst, dass er nicht kommen würde. Irgendetwas musste passiert sein, denn er kam nicht, er kam nie mehr irgendwohin. Er war einfach plötzlich verschwunden.

Natürlich wurde er gesucht. Dein Großvater versprach sogar eine Belohnung, wenn jemand einen Hinweis hätte, der auf die richtige Spur führte. Daraufhin meldeten sich viele, die ihn angeblich gesehen hätten, aber nur wegen der Belohnung. Der Sebastian blieb verschwunden und ich mit dem Kind im Bauch allein.

Bis dein Vater auftauchte. Er sagte mir auf den Kopf zu, dass ich etwas mit seinem Bruder hätte und ob ich irgendetwas wüsste, es sei wichtig für ihn. Ich sah ihm an, dass er genauso verzweifelt war wie ich, und das gab mir Mut. Ich erzählte deinem Vater von unserem Geheimnis. Von der ersten Begegnung bis hin zu unseren heimlichen Treffen. Ich berichtete von Sebastians Launen und gestand dem Kilian meine Angst davor, dass Sebastian einfach irgendwann zur See fahren würde, wie es im Dorf getratscht wurde. Dein Vater hörte ruhig zu, ab und an nickte er, als würde er bestens verstehen, was ich meinte. Ich fühlte mich trotz meiner Lage erleichtert, endlich mein Herz ausschütten zu können. Kilian hatte zwar nicht dieselben blauen Augen wie sein Bruder, aber sein Blick war ähnlich sanft und klar. Er machte mir keinen Vorwurf, im Gegenteil, er schien mich zu verstehen. ›Und was machst jetzt damit?‹, fragte er mich direkt und zeigte auf meinen Bauch, obwohl ich ihm DAS noch gar nicht gebeichtet hatte. Versteh mich nicht falsch. Ich hab deinen Vater immer mögen, vom ersten Augenblick an, er war nur eben leiser und feiner gewesen und hat sich nicht so in den Vordergrund gedrängt. Kilian hat selbst gesagt, dass, wenn er schneller gewesen wäre, eh alles anders gekommen wäre, weil ich ihm von sämtlichen Madeln im Dorf am meisten imponiert hätte. Er hat mir angeboten, dass er mich heiraten und für das Kind der Vater sein würde, unter einer Bedingung: Ich musste schwören, niemals zu verraten, wer der eigentliche Vater sei. Und weil noch niemand von der Schwangerschaft gewusst hat, willigte ich ein. Ich tauschte die Männer, und dein Vater hieß von da an Kilian und nicht Sebastian.«

Die Wahrheit

Es war wie eine Welle, die Andreas überrollte und ihn unter sich begrub. So viele Jahre hatte er ein ganz normales Leben gelebt. Eine freie, sorglose Kindheit verbracht und in seiner Jugend, in der er ebenfalls als »wilder Hund« galt, verständnis- und vertrauensvolle Eltern gehabt, um die ihn seine Kumpels oft beneidet hatten. Aber wie jede Welle brach selbst diese und verzog sich im unendlichen Ozean, wobei mehrere Biere und Enziane Hilfe leisteten. Kurz überlegte er, Moni anzurufen, um sie ins Vertrauen zu ziehen. Nach einer weiteren Halben kam ihm allerdings der Gedanke, dass ihre Beziehung nicht gefestigt genug sei für ein Seelenstriptease. Er stellte sich vor, wie er im umgekehrten Fall reagierte, und schüttelte heftig den Kopf. Wahrscheinlich hatte seine Mutter recht und die Menschen in diesem Dorf setzten sich nicht zusammen und redeten über ihre Ängste und Gefühle. Dennoch schwirrte ihm beständig die Szenerie mit seiner jungen Mutter und seinem unbekannten Onkel im Kopf herum. Irgendwann schlief er auf seinem Sofa ein, besoffen vor Erschöpfung und Alkohol.

Früh am nächsten Tag traf er sich mit Mair, Christoph und Herrn Yildirim vor der Wildkammer. Der Transporter wartete bereits, um die Moorleiche unversehrt nach München zu bringen. Der Begegnung mit dem Moorleichenspezialisten sah er mit gemischten Gefühlen entgegen. Er hatte Schädelweh vom Feinsten und fühlte sich den spitzen Bemerkungen des Münchners heute nicht im Mindesten gewachsen. Noch weniger gewachsen fühlte er sich der Begegnung mit seinem Onkel, der sein Vater sein sollte. Sein Rachen war staubtrocken, obwohl er heute Morgen mindestens zwei Liter Wasser getrunken hatte. Schwindel überkam ihn und hob dabei seinen Mageninhalt an wie ein Stück Treibholz, das auf den Wellen rauf und runter schaukelt. Obendrein hatte sich über Nacht ein penetranter Geruch in der Wildkammer gebildet, in der es ohnehin stets nach Eisen roch. Dieser vermischte sich mit dem Duft von moderndem Blumenwasser. Anderls Magen krampfte dagegen an. Klar, der wollte sich entleeren, nur der Eigentümer des Magens wollte sich diese Blöße nicht geben.

Sogar der selbstgefällige Pathologe schien Anderls Zustand zu bemerken, denn er zeigte sich mitfühlend. »War wohl eine unruhige Nacht? Keine Sorge, wir kriegen das große Rätsel gelöst.«

Anderl nickte sachte, jede schnellere Bewegung hätte sowohl seinen Magen als auch seinen Brummschädel zusätzlich verärgert.

»Um eines würde ich Sie noch bitten, Herr Harlacher«, meinte der Münchner. »Es wäre von großem Vorteil für die DNA-Analyse, wenn wir eine Speichelprobe von Ihnen bekommen könnten. Wir wollen doch alle die Wahrheit herausfinden, oder?« Und schon zückte er ein langes Wattestäbchen, sagte zum vollkommen überrumpelten Andreas »Bitte weit den Mund auf« und glitt mit dem Stäbchen in Sekundenschnelle an die Innenseiten beider Wangen, um es dann tief in den Rachen zu stecken. Geübt sprang der Peiniger zur Seite, denn es gab für Anderl kein Halten mehr, er kotzte im Strahl vor seine Füße.

Die Suche

Die darauffolgenden Tage zogen sich in die Länge wie ein Kaugummi, auf den man versehentlich mit der Schuhsohle getreten ist. Die Auswertung der Untersuchung ließ leider auf sich warten. Anderl versuchte, sich nach außen hin nichts anmerken zu lassen. Nicht, weil er emotional ein Eisblock gewesen wäre. Das Gegenteil war der Fall. Eben deshalb duldete er keine Fragen nach der Moorleiche und keine nach seinem persönlichen Zustand. Dieses Credo schien wie ein Motto auf seiner Stirn zu leuchten, denn fast alle in seiner Umgebung gingen ihm aus dem Weg. Bis auf Moni. Die stand eines Abends vor seiner Tür, mit einer Flasche Rotwein in der Hand. Sie lächelte ihn aus ihren schönen, dunklen Augen an und warf ihre halblangen dunklen, mit silbrigen Fäden durchwirkten Haare in den Nacken. In diesem Moment konnte Anderl nicht anders, er dachte sich, dass sie so schön sei wie ein Engel, der ihn jetzt vielleicht durch ein offenes Gespräch retten würde. Moni war selbstständig und vor zwei Jahren die leitende Architektin bei der Erneuerung der Rehaeinrichtung in Sumpfbachau gewesen. Ihr kam das Großprojekt sehr gelegen, da sie ohnehin schon seit einiger Zeit an eine Veränderung dachte. Dem Leben im mondänen, aber auch teuren München nicht mehr zugewandt, blieb sie nach der Neueinweihung der Rehaklinik in Sumpfbachau.

Beim zweiten Glas Wein setzte sich Moni plötzlich kerzengerade auf und kniff ihre Lippen zusammen, als wolle sie damit andeuten, dass sie etwas Grundsätzliches sage. Anderl ließ sie reden. »Egal, was bei dieser Untersuchung des Forensischen Instituts herauskommt, du MUSST erneut mit der Marei sprechen. Und ich bin überzeugt, dass sie dir antworten wird. Verurteilen geht schnell, verstehen dagegen ist schwer. Dennoch wirst du nie Frieden finden, wenn du dich nicht selbst darum bemühst. Hör auf, dir leid zu tun. Kläre auf, solange Zeit dazu ist.«

Anderl wurmte ihre Bemerkung. Dennoch hielt er eine patzige Antwort zurück, um sie nicht zu verärgern. Einen Schmarrn tat er. Oder?

Seine Laune besserte sich nicht wesentlich, als er am nächsten Tag in seinem Büro im Rathaus die Tagesordnung zur außerordentlichen Gemeinderatssitzung durchging. Tagesordnungspunkt 1: Verfahren nach dem Fund der Moorleiche im Flurstück soundso. Die Buchstaben tanzten vor seinen Augen.

Schon wieder. Er hatte die Nase voll. Diese elende Angelegenheit, egal ob es sich um seinen Vater handelte oder nicht, hatte hohes Quälpotenzial. Er stöhnte halblaut und dachte an Monis Bemerkung von gestern Abend. Mit der Marei reden, wenn das so einfach wäre. Wie hatte sie nur derart trocken sagen können, dass sie »einfach die Männer getauscht« hätte? Das war unmöglich. Am liebsten würde er auch »einfach mal eben« seine gesamte Vita tauschen, zumindest diejenige, die seine Eltern betraf. Nachdenklich schnippte er mit Mittelfinger und Daumen und murmelte »Tauschen«. Vollkommen in seinen Gedanken gefangen, registrierte er nur beiläufig, dass im selben Moment die Tür aufging und Chefpolizist Mair ins Zimmer schlich. Er schien ihn beobachtet zu haben.

»Was willst du tauschen, Andreas?«

Der Gefragte sah Mair an, als wäre dieser ein Geist. »Seit wann stehst du schon hier?«

Anderl stieg die Hitze ins Gesicht. Mair trat von einem Fuß auf den anderen. »Entschuldigung Chef, ich hätte anklopfen müssen, aber hier ist der Bericht aus München. Eben angekommen.« Mairs Ohren leuchteten rot. Vor Eifer oder Aufregung? Erhoffte er sich irgendeine Sensation, die Sumpfbachau über die Grenzen hinaus bekannt machen könnte?

Andreas stand auf und riss Mair den Umschlag aus den Händen. Kurz blieb er am Schreibtisch stehen, starrte auf den Absender, als ob er ihn auswendig lernen wollte, und schaute schließlich mit zusammengekniffenen Augen zu Mair. Der Umschlag war an den Ecken zerknittert. »Hast du das etwa gelesen? Vor mir?«

»Nein, Anderl, was denkst du von mir?« Er wehrte mit beiden Händen ab. Dann zog er sich seine Uniform glatt, wie um sich dadurch mehr Würde zu verleihen. »Andererseits hast du neulich selbst gesagt, dass die Moorleiche Sache der Polizei sei und ich als Polizeichef eigentlich ...«

»Ja, Mair, is' ja gut. So habe ich es nicht gemeint.« Andreas rang um Worte. »Ich bin nur ein bisserl ..., also ich meine, das ist irgendwie ...«

Sofort schlug Mair einen sanften Ton an: »Passt scho'. Das ist bestimmt nicht leicht für dich. Ich lass dich jetzt in Ruhe den Bericht lesen. Aber wenn du wirklich auf der Suche nach Antworten bist, musst du mit der Marei reden. Verpasste Gelegenheiten sind das Schlimmste, hat meine Oma immer gesagt.« Mit diesen Worten durchschritt Mair gemächlich das Büro und zog leise die Tür hinter sich zu.

Andreas starrte ihm hinterher. Kam ihm das nur so vor, oder hatten er und Moni sich abgesprochen? Kopfschüttelnd öffnete er den großen Umschlag, um komplett in den Bericht einzutauchen.

Der Verschollene

Die Moorleiche war nun offiziell der vermisste Sebastian Harlacher und somit der leibliche Vater von Andreas. Das war die eindeutige Aussage des Untersuchungsberichts. Dabei hatte sich Andreas die Frage, wer sein Erzeuger war, bis vor einigen Tagen nie gestellt. Dieser Sachverhalt wurde in einem kleinen Satz, gleich auf der ersten Seite, zweifelsfrei geklärt. Einfach so, als ob das nichts weiter bedeutete. Ungeklärt hingegen blieben alle anderen Auswertungen, die sich aus der forensischen Untersuchung ergeben hatten. Und diese warfen plötzlich neue Fragen auf. Andreas griff zum Handy: *Hättest du kurz Zeit?* Er drückte auf Senden.

Eine Viertelstunde später klopfte es an die Tür zu seinem Büro, und ohne eine Antwort abzuwarten, trat Moni ein.

»Ich habe den nächsten Termin verschoben. Was ist los?«

Erleichtert lächelte Anderl ihr zu. »Ich bin froh, dass du da bist. Schau dir das an.«

Moni setzte sich ihm gegenüber auf den Besucherstuhl, nahm den rübergeschobenen Bericht und studierte ihn konzentriert. Ab und an zog sie eine Augenbraue hoch oder schüttelte fast unmerklich den Kopf. »Puh!« Moni ließ Luft ab. Sie schaute Andreas intensiv an. »Sebastian ist also zweifelsfrei dein Vater. So viel steht fest. Aber wie kam er ins Moor? Wollte er nicht weg, zur See fahren?«

Andreas repetierte noch einmal die Fakten: »Das Gebiss, der Rucksack, sogar die leichten Senkfüße, die auch Kilian hatte, das alles haben die entdeckt. Sebastian ist hundertprozentig mein Vater, der plötzlich wie vom Erdboden verschluckt war.« Er machte eine Pause, um seine Gedanken weiterzuverfolgen. »Aber du hast recht. Wie kam er ins Moor? Vielleicht hat er nie angeheuert?« Andreas starrte nachdenklich in den Bericht. »Hier steht, dass er eine veritable Verletzung am Hinterkopf hat, die *könnte* todesursächlich gewesen sein. Außerdem Kratzer, die von einem oder mehreren Bissen herrühren *könnten*.« Unruhig wanderten seine Augen im Raum umher, ohne einen Halt zu finden.

Moni durchbrach als Erste die Stille. »Ruf bei Hapag Lloyd in Hamburg an. Dort haben die ganzen Überseefahrer angeheuert. Vielleicht existiert da noch eine Karteiregistratur oder etwas Ähnliches. Wenn die ihn nicht haben, könntest du dir absolut sicher sein, dass er nicht zur See gefahren ist.« Mit diesen Worten googelte Moni bereits nach einer Telefonnummer oder E-Mail-Adresse von Hapag Lloyd.

Andreas spann den Gedanken weiter. »In diesem Fall wäre er vermutlich einem Verbrechen zum Opfer gefallen. Ehrlich gesagt bin ich mir nicht sicher, ob ich DAS so genau wissen will«, murmelte er.

»Hier, da sind die Kontaktdaten. Du oder ich?« Moni weitete die Augen und stammelte in einem fort: »Ach? Nein! Das ist ja komisch ..., wirklich?«

Andreas saß angespannt an der Sesselkante und bereute es, dass er Moni nicht nur gebeten hatte, dort anzurufen, sondern auch den Lautsprecher auszulassen. Auf Monis Stirn hatten sich zwei steile Falten gebildet. Stumm starrte sie auf ihr Display, obwohl sie bereits aufgelegt hatte, dann zu Andreas. Sie atmete aus. »Der Praktikant hat im Archiv nachgesehen und tatsächlich eine Anmeldung auf den Namen Sebastian

Harlacher gefunden. Der ist nur nie dort aufgetaucht und hat sich zudem nicht gemeldet. Das war anscheinend nichts Ungewöhnliches damals. Seltsam war aber, dass er, einige Wochen nachdem er seine Stelle hätte antreten sollen, von seinem Bruder gesucht wurde.«

Andreas ließ sich in seinem Sessel nach hinten fallen. »Kilian wusste also, dass sein Bruder niemals in Hamburg aufgetaucht ist. Fragt sich, ob es meine Mutter ebenfalls wusste.«

Der Bericht

Zu Mairs Aufgaben als Polizeichef gehörte das Verfassen eines Abschlussberichts. Für die meisten seiner Kollegen und Kolleginnen war dies eine verhasste Arbeit. Nicht jedoch für den Mair, der endlich seine unterdrückte dichterische Ader ausleben konnte. Er schrieb die Berichte fast so spannend wie einen Krimi, worauf er sich mit Meisterschaft verstand. Zu Beginn seiner Karriere, was schon über zwanzig Jahre her war, hatte es deshalb ständig Ärger gegeben, vor allem, wenn der direkte Vorgesetzte nicht mit Mairs ruhiger Art klarkam. Da der damals junge Mair aber der Sohn vom alten übergeordneten Polizeichef Mair war, traute sich kaum jemand, Veto gegen die literarischen Ergüsse einzulegen. Deshalb frönte Mair weiterhin seiner Leidenschaft, und wenn es einen jährlichen Preis für die bestgeschriebenen Dorfgeschichten des Landkreises gegeben hätte, wären die Berichte vom Revier in Sumpfbachau jedes Jahr ausgezeichnet worden. Für die Soko »Moorleiche«, wie er es bei sich nannte, nahm er sich mehr Zeit, denn dieser war ein besonderer Fall. Auch wenn die Leiche nicht das von ihm gewünschte Alter hatte. Er begann mit Datum und ungefährer Uhrzeit, als die beiden Spaziergänger A und B das schöne Wetter für einen Rundgang am Moorweiher nutzten. Beide Hobbyfotografen schwärmten vom besonderen Licht, das Jahres- und Tageszeit hervorbrachten, um Fotos für einen Wettbewerb aufzunehmen. A entdeckte eine seltsam geformte größere Wurzel, die aus dem Moorwasser ragte. Bei näherer Betrachtung erkannte man, dass es sich um eine Hand handelte, die an einem langen dünnen Stecken hing, der sich als Ärmchen herausstellte. Die Farbe war lederbraun. Die Leiche lag in sich verdreht, ähnlich wie der Ötzi, mit dem Oberkörper umschlingenden Armen, der Kopf ragte aus dem Moorwasser hervor und war für einen Laien schwer als solcher erkennbar. A und B riefen die Polizei, wobei zunächst lediglich Mair und seine Kollegin am Fundort eintrafen. Beim Schreiben hob Mair kurz den Kopf, weil ihm bewusst wurde, dass er fast als Erster die Leiche entdeckt hatte. Und selbst, wenn es sich dem forensischen Bericht zufolge nicht um eine historische Moorleiche handelte, breitete sich in Mair dennoch ein Gefühl von Stolz aus. Nicht jeder entdeckte eine Leiche, und schon gar nicht im Moor. Danach führte er aus, für seine Verhältnisse eher nüchtern, wie der große Auflauf eintraf, der Tatort abgesperrt wurde und wie es ihm, Mair, gelungen war, die sehr wichtige Arbeit des Vertröstens und Wegschickens der Schaulustigen zu bewältigen. Denn nur so könne gewährleistet bleiben, dass keine wichtigen Spuren vernichtet würden. Und auch deshalb sei es den Spezialisten gelungen, die Leiche fachgerecht zu bergen. Andreas bekam von ihm einen Extraabsatz, in dem die Kompetenzen geklärt wurden, ob die Polizei oder der Bürgermeister die Soko leiten solle. Ausführlich beschrieb der Polizeichef das Gespräch mit Herrn Yildirim und dass sich Christoph, der Jäger, für den Aufbewahrungsort der Leiche bereit und verantwortlich erklärte (da die Leiche nicht mehr am selben Tag nach München gebracht werden konnte). Dann stellte Mair die Umstände der Aufbahrung dar und vor allem, wie diese Moorleiche weiterhin konserviert bliebe. Nach einer halben Stunde kam er endlich zur »Identifizierung der Leiche Sebastian Harlacher durch Maria Harlacher, ihres Zeichens Schwägerin des Toten«. Er zählte akribisch die Fundstücke auf und vergaß nicht den Flicken auf dem Rucksack. Es folgte ein Abschnitt mit dem derangierten Bürgermeister am nächsten Morgen und der Durchführung eines DNA-Tests vor Ort, zur Klärung der Frage, ob der Tote der leibliche Vater von Andreas Harlacher sei. Bestätigt wurden des Weiteren die Senkfüße, die ebenso sein Bruder Kilian hatte, sowie die eindeutige Identifizierung des fast noch vollständigen Gebisses von Sebastian Harlacher. Fraglich und bislang noch ungeklärt, woher sie kam, war die Einkerbung am Hinterkopf der Moorleiche, die erst im Institut entdeckt wurde. Diese könnte von einem Sturz verursacht worden sein. Dass er gestürzt war, war an der Lage seiner verdrehten Arme deutlich erkennbar gewesen. Mair erwähnte zusätzlich Kratz- oder Bissspuren, wobei diese entweder durch den Sturz in dorniges Gebüsch entstanden waren oder einem Tier- oder sogar einem Menschenbiss zugeordnet werden könnten. Fraglich blieb: Ist Sebastian Harlacher von selbst gestürzt, aufgrund von Alkoholkonsum zum Beispiel? Da Mair im Bericht keinerlei Hinweise auf Alkoholkonsum fand, verwarf er diese Version wieder. Oder ist er von jemandem überwältigt worden? Wie kam Sebastian überhaupt ins Moor? Genau das hatte Mair in den letzten Tagen umgetrieben. Deshalb war er zwischen dem Zusammenbruch Mareis in der Wildkammer bis zum Eintreffen des forensischen Berichtes nicht untätig gewesen. Und weil die Alten im Dorf einer kleinen Ratscherei immer zugänglich waren, erfuhr er, dass es just zu der Zeit vor über fünfzig Jahren immer wieder Probleme mit dem Schmuggel von Waren über die grüne Grenze gab. Tatsächlich fand Mair in den alten Akten einen Fall von Alkoholschmuggel im großen Stil. Ein gewisser Josef Bichler, der als Handwerker auf der Walz eine Zeit lang im Dorf lebte und sich als Zimmermann verdingte, wurde in diesem Zusammenhang festgenommen. Bis in die Nacht hatte Mair Zeugenaussagen studiert, die den Bichler Josef als groß, kräftig, streitsüchtig und als Weiberhelden beschrieben. Vielleicht hatten sich der Bichler Josef und der junge Harlacher gekannt und waren in einen Streit geraten, wobei der Bichler den Harlacher mit einem harten Gegenstand niederschlug. Aus Eifersucht wegen der Marei oder vielleicht, weil auch der Harlacher Sebastian ein Schmuggler gewesen war? Weshalb hatte er sonst einen Rucksack dabei? Diejenige, die es am ehesten wüsste, wäre Marei. Sollte Mair mit ihr reden? Wie würde Andreas auf eine offizielle Befragung seiner Mutter im Polizeirevier reagieren? Dieser Gedanke hatte Mair bislang abgeschreckt. Er beschloss, die demnächst auf den Moorleichenfund angesetzte Pressekonferenz abzuwarten und seine Überlegungen als Randbemerkung im Bericht zu notieren.

Zum Schluss schrieb er: Vermutlich wird es schwierig bis unmöglich, die wahren Umstände dieses Geschehens aufzuklären. Dennoch sollten wir uns als Diener des Gesetzes immer vor Augen führen: Mord verjährt nicht. Auch dann nicht, wenn es sich »nur« um die Möglichkeit eines Mordes handelte. Mair las den letzten Satz und seufzte zufrieden. Er speicherte alles in die Datei, sah auf die Uhr, registrierte erfreut, dass bereits Feierabend war, und fuhr den PC herunter.

Die Pressekonferenz

Einige Tage nach Bekanntwerden des forensischen Berichts organisierte der Vizechef der Polizei eine kreisübergreifende Pressekonferenz. Pressevertreter vor Ort und von überregionalen Zeitungen und TV-Sendern versammelten sich in der Dorfhalle, die mit reichlich Sitzgelegenheiten bestuhlt war und dennoch zu wenig Platz für einen solchen Auflauf bot. Viele Presseleute mussten stehen, die Eingangstüren wurden offen gelassen und die PK nach draußen über eine Großbildleinwand übertragen, die sonst nur beim Public Viewing gebraucht wurde. Mair lief für seine Verhältnisse flott-gemächlich durch die Stuhlreihen, passte auf, dass der vorgeschriebene Sicherheitsabstand gewahrt wurde und der Notausgang frei zugänglich blieb. Die komplette Polizeibelegschaft hatte Bereitschaft, das Rote Kreuz war ebenfalls anwesend. Neben den zahllosen Pressevertretern kam nahezu das gesamte Dorf zusammen, schon allein deshalb, weil so viele Kamerateams vor Ort waren wie seit den Olympischen Spielen in München nicht mehr. Damals hatten einige ausländische Pressevertreter die passende Autobahnausfahrt verpasst und waren in Sumpfbachau gelandet. Beim Anblick der Menschenmassen wurde Mair fast ein bisschen wehmütig. Wenn schon eine Moorleiche an sich so einen Auflauf bewirkte, wie erst hätte ein richtiger »Muddy Sepp« den Bekanntheitsgrad von Sumpfbachau vergrößert.

Der Bürgermeister saß mit verdrossenem Gesicht in der ersten Reihe und wünschte sich weit weg. Eigentlich hätte er vorne am Tisch sitzen sollen. Aber da es sich bei der Leiche um einen nahen Verwandten handelte, zeigte man Erbarmen. Er verzog sich in die Sitzreihe, wo für ihn, auf seine Bitte hin, zwei Stühle reserviert waren. Andreas spürte die Blicke in seinem Rücken. Ihm war klar, dass sich viele fragten, auf wen er zu warten schien. In letzter Minute huschte eine attraktive Frau zu Andreas. Sie lächelte ihm zu, nickte und setzte sich neben ihn, als sei es das Selbstverständlichste der Welt. Nachdem Polizeichef Mair seinen Bericht dramaturgisch aufgebrezelt vorgetragen hatte, hagelte es von allen Seiten Fragen. Verständnisfragen zum Thema Moorkonservierung wurden genauso gestellt wie Insiderfragen nach den Verhältnissen der Familie Harlacher. Krude Mordtheorien brandeten auf, aber ebenso sachliche Aufzählungen, ob so ein Fund einer Gemeinde eher schaden oder nützen könne, wurden abgewogen. Ein Journalist bot sich an, ein Manuskript für eine Cornflix-Verfilmung zu schreiben. Und einer schlug vor, dass Überlebende aus der Zeit als Zeugen befragt werden sollten. Als sogar der Name seiner Mutter fiel, schnellte Andreas aus seinem Sitz hoch und verließ den Raum. Er hatte genug gehört. Moni eilte ihm hinterher. Durch die geöffneten Türen sahen sie draußen noch mehr Kamerateams und Medienmenschen stehen. Moni reagierte beherzt und zog Andreas am Ärmel Richtung Hinterausgang. Dort hatte sie ihr Auto geparkt. Sie hielt ihren Schlüssel in die Höhe und drückte auf den Türöffner, der wiederum ein »Klack« auslöste. Fast gleichzeitig sprangen die beiden auf die vorderen Sitze, Moni startete, setzte nach hinten und brauste davon. Erst unterm Fahren schnallte sie sich an. Durch ihren Kavalierstart wurde Anderl unsanft in den Sitz gedrückt, fühlte augenblicklich eine Welle durch seinen in letzter Zeit arg malträtierten Magen schwappen und war schlussendlich froh, der Medienmeute entkommen zu sein. Nach einem Kilometer hatte er seinen Magen wieder im Griff. Er drehte sich zur konzentriert steuernden Moni: »Wohin fährst du?« Sie schwieg. Andreas fragte nicht noch einmal nach. Er ahnte ohnehin, wohin sie fuhr.

Das Geständnis

Es war bereits Nachmittag, als Moni vor Mareis Haus parkte. »Nimm dir alle Zeit, die du brauchst. Ich warte vor dem Haus, wenn du das willst.« Andreas nickte Moni zu, lächelte dankbar, schnaufte tief durch und verließ das Auto. Der Vorhang am Küchenfenster bewegte sich und Marei lugte dahinter hervor. Offenbar erwartete sie ihn bereits. Die Tür stand erneut weit offen, wie schon die Tage zuvor. Übergründlich putzte sich Andreas am Fußabstreifer seine wenig staubigen Schuhe ab. Sein Magen krampfte, als er in den Flur trat. Er wusste nicht, ob er wirklich alles hören wollte, was er eventuell zu hören bekäme.

In der Stube hatte Marei bereits eine Kanne Kaffee und zwei Becher auf dem Holztisch stehen. Die alte weiß-blaue Zuckerdose und das dazugehörige Milchkännchen thronten auf einem blauen Tablett. Komisch, dachte er bei sich, das steht schon so da, seit ich ein kleiner Junge war. Es hatte sich nichts geändert. Bis jetzt zumindest. In seinem Bauch rumorte es. Es fühlte sich an, als hätte er einen viel zu großen Knödel geschluckt, den er nicht verdauen konnte. Er hielt seiner Mutter die Tasse hin, als sie sich ihm gegenübersetzte und die Kanne hob. Dann rührten beide schweigend Milch in ihren Kaffee. Bis auf das Klingen der Löffel am Tassenrand und das Ticken der alten, schweren Standuhr war es leise.

Andreas eröffnete das Gespräch: »Sebastian war nie zur See gefahren.«

Marei starrte in ihren hellbraunen Kaffee, als könne sie in den vom Umrühren entstandenen konzentrischen Kreisdrehungen etwas erkennen. »Ich weiß.« Sie massierte mit den Fingern sanft ihre Stirn.

Andreas kannte das bei seiner Mutter. Wenn sie überlegte, massierte sie sich stets die Schläfen. Als Kind hatte er sie daraufhin angesprochen, doch sie hatte nur gelacht und gesagt, dass das Gehirn durch die Massage besser arbeiten könne, weil es mehr Luft bekäme. Auch jetzt schien es in Marei zu arbeiten. Andreas wartete geduldig, er wollte nicht zusätzlich Druck ausüben.

Und dann tat Marei etwas, womit ihr Sohn nicht gerechnet hatte. Sie legte ihre Arme vor sich auf den Tisch und lächelte ihn an. »Anderl, du musst mir etwas versprechen. Sonst kann ich nicht weiterreden.«

Er schnaubte. »Mutter, das ist jetzt, ich meine ..., also in der Situation ist das viel verlangt, meinst nicht?«

Marei schaute ihn geduldig an, in ihren Augen lag Aufforderungscharakter.

Da brach es aus Andreas heraus: »Herrgott, Mutter, so geht das nicht. Zuerst taucht hier eine Moorleiche auf und dann erfahre ich, dass es mein Vater sein soll, oder ist, und dass mir meine Eltern das alles verheimlicht haben. Dass mein Vater gar nicht mein Vater war, sondern mein Onkel und umgekehrt, weil du die Väter schlicht GETAUSCHT hast«, Anderl betonte jede Silbe. »Und dass euch irgendein Schwur wichtiger war, als MIIIR«, erneut lag die Betonung auf jeder Silbe, »die Wahrheit zu sagen. Zumindest nach Vaters Tod hättest du es mir sagen können, sagen MÜSSEN. Und jetzt soll ich dir sicherheitshalber vorab etwas versprechen. So geht das nicht! Wir sind hier nicht auf einem Basar und handeln mit den Wahrheiten.«

Mareis aufrechte Haltung veränderte sich schlagartig und sie sank regelrecht in sich zusammen. Sofort tat sie Anderl leid, aber dieses Mal wollte er sich auf keine Salami-Häppchen-Taktik einlassen. Er wollte die Karten auf dem Tisch, alle, selbst die gezinkten. So sah er ihr wortlos und ernst in die Augen.

»Ich wollte dir nur das Versprechen abringen, dass du niemals an der Liebe deines Vaters Kilian zweifelst. Auch wenn er nicht dein leiblicher war, hat er dich großgezogen und geliebt wie sein eigenes Kind. Es gab keinen Unterschied. Kilian und ich haben nie mehr darüber geredet, das musst du mir glauben. Wir dachten beide, dass unser Tausch so Wirklichkeit würde. Wir wollten einfach glauben, dass, wenn man etwas nicht ausspricht, es einfach nicht existiert. Und weil sich der Kilian und der Sebastian immer so ähnlich gesehen haben, bemerkte niemand unsere Vereinbarung. Zumindest nicht in den ersten Jahren. Später warst du genauso hitzköpfig und unbeugsam wie Sebastian. Da haben einige gesagt: ›Der hat mehr von seinem Onkel als von seinem Vater.‹ Aber das musste ja nichts heißen.« Marei machte eine Pause, als wolle sie ihre Gedanken ordnen. Dabei biss sie sich auf die Unterlippe und starrte auf den Holztisch. Mechanisch redete sie weiter, leise und langsam. »Dein Vater, also der Kilian, hat ein paar Monate nach Sebastians Verschwinden bei Hapag Lloyd angerufen. Von denen hat Sebastian immer gesprochen, wenn er von der großen weiten Welt schwärmte.«

Andreas hielt für einen Moment die Luft an, so gespannt war er, was nun kommen würde.

»Dort war er niemals angekommen, obwohl er bei der Reederei angeheuert hatte. Als Kilian anrief, saß ich ihm gegenüber, du weißt schon, in Opas altem Büro. Mir war schlecht vor Angst und Sorge, dass dadurch irgendetwas herauskäme. Das war natürlich Blödsinn, denn wie hätten die oben in Hamburg etwas wissen sollen. Niemand wusste, was sich wirklich abgespielt hatte. Trotzdem hatte ich Angst.« Sie starrte in ihre Tasse. »Wahrscheinlich war es schlicht das schlechte Gewissen.«

Beim letzten Wort weiteten sich Andreas' Augen, der Knödelklumpen in seinem Bauch schien sich zu verdoppeln und drückte wie ein Stein an die Magenwände. Er spürte Säure die Speiseröhre hochsteigen und versuchte, diese zu ignorieren. Nicht schon wieder!, dachte er und fühlte sich malträtiert.

Marei schien seine Qual nicht zu bemerken und sprach weiter: »Ich hatte dir erzählt, dass Sebastian, als ich um ein Treffen bat, nicht aufgetaucht ist. Das entspricht nicht der Wahrheit. Er kam, aber er war kurz angebunden und machte mir sofort klar, dass er wenig Zeit hätte. Er würde am nächsten Morgen aufbrechen, ich solle meinen Mund halten, denn er habe weder seinem Vater noch seinem Bruder von seinem Vorhaben erzählt. Meine Verzweiflung wuchs. Mir war zuvor schon klar gewesen, dass er über meinen Zustand keinesfalls begeistert sein würde, aber dass er das Dorf so abrupt verlassen wollte ..., da bekam ich Panik.« Auch jetzt sah er ihre Verzweiflung. »Dann wurde ich trotzig und fragte ihn, warum er es mir überhaupt mitgeteilt habe. Darauf meinte er, weil er mir auf diese Weise unmissverständlich sagen könne, dass es Aus wäre mit uns beiden. Dadurch würde ich sicher besser darüber wegkommen. Und dass es ja noch andere Burschen im Dorf gäbe, seinen Bruder Kilian zum Beispiel, der wäre überhaupt viel geeigneter.«

Andreas beobachtete seine Mutter, sie schien diese Geschichte wirklich das erste Mal in ihrem Leben zu erzählen, und er zweifelte nicht an ihrem Wahrheitsgehalt.

»Mit dem Mut der Verzweiflung und weil ohnehin alles egal schien, schrie ich ihm entgegen, dass ich schwanger sei und dass nur er und nicht sein Bruder oder sonst wer als Vater in Frage käme. Später habe ich mich gefragt, ob er es geahnt hatte und deshalb so schnell fortwollte.« Marei schluckte. »Ich will nicht alles wiederholen, was der Sebastian mich geheißen hat. Wie auch immer. Er ist dein leiblicher Vater. Aber nach allem, was du über ihn erfahren hast, kannst du es dir jetzt vielleicht denken, was in dem Moment aus ihm heraussprudelte.«

Andreas nickte. Ja, er konnte sich das denken. Musste lediglich eins und eins zusammenzählen. Sebastian wollte sich nicht binden und auch nicht im Dorf bleiben. Er hatte seinen Spaß gehabt, und als er merkte, dass der Boden zu heiß wurde und sich eine Eheschlinge um seinen Hals legte, da ergriff er die Flucht. Seine Augen verengten sich. »Aber ... Warum hatte er zu diesem Treffen seinen Rucksack dabei?« »Was war denn in dem Rucksack?«, fragend zog sie die Augenbrauen zusammen.

»Nichts Besonderes; ein Schnäuztuch und eine alte Feldflasche, in der er wahrscheinlich Wasser aufbewahrt hatte.« Sie zuckte mit den Schultern. »Den hatte er oft dabei, das war normal zu dieser Zeit. Das lag wohl daran, dass bei Gelegenheit fast alle im Dorf etwas über die Grenze geschmuggelt haben, meistens Alkohol. Auch Sebastian war manchmal daran beteiligt. Aber er passte auf. Wenn man nämlich keine oder kaum Waren hatte, musste die Polizei einen laufen lassen. So war das viele Jahre lang.« Marei schwieg erneut, das mit dem Schmuggel hatte sie vom Thema abgebracht.

Anderl nickte. »Gut, dann war das wohl so. Aber wie kam der Sebastian zu dem Loch am Hinterkopf? Du weißt es doch. Hast du ihn sterben sehen?« Er wusste, dass das für seine Mutter starker Tobak war, aber er wollte um keinen Preis, dass das Gespräch ein weiteres Mal abbrach und erneut nur die halbe Wahrheit ans Licht kam. Mit seinem Schweigen erzielte er den gewünschten Effekt, Marei hob den Kopf und schaute ihren Sohn aus verwässerten Augen an.

Fast schon flehentlich sagte sie mit zittriger Stimme: »Bitte Anderl, mein Sohn, du musst mir glauben, es war ein Unfall. Wir haben gestritten. Ich war verzweifelt, er war garstig und beleidigte mich, er wollte mir sogar in den Bauch treten. Wenn ich nicht geistesgegenwärtig ausgewichen wäre, hätte er mich getroffen. Ich weiß, das klingt unglaubhaft, aber es hätte auch vor fünfundfünfzig Jahren nicht glaubwürdig geklungen. Wer hätte meine Aussage für wahr gehalten? Wer hätte der Marei, die niemanden hatte außer einer alten Tante, etwas geglaubt? Noch dazu in meinem Zustand?«

Tränen rannen ihr übers Gesicht, sie war nicht fähig, weiterzureden, schluchzte lautstark, und Andreas spürte, dass sie diese Geschichte bisher niemanden erzählt hatte. Dass sie einfach geschwiegen hatte, um ihren Schwur halten zu können. Er nahm ihre Hand und sie legte dankbar die andere auf die seine. Das beruhigte sie zusehends.

»Wie ist es passiert?«, fragte er in sanftem Tonfall.

Sie holte tief Luft. »Nachdem ich mich aufgerappelt hatte, überrollte mich die Angst. Das war nicht mehr der Sebastian, den ich kannte, das war der Leibhaftige. Vielleicht hatte er Alkohol getrunken, ich weiß es nicht, ich wollte bloß noch weg und lief, so schnell ich konnte, in Richtung Moorweiher. Er rannte mir hinterher und schrie, er lasse sich kein Kind anhängen, und schon gar nicht von so einer Hergelaufenen ...«, Marei unterbrach, hustete und nahm einen Schluck aus ihrer Tasse. Sie verzog das Gesicht, der Kaffee war mittlerweile wohl kalt. Andreas stand auf, holte eine Flasche Wasser mit zwei Gläsern und schenkte ihnen beiden ein. Dankbar leerte sie ihr Glas in einem Zug. Wieder atmete sie tief durch.

»Ich war schnell, du weißt, wie sportlich ich früher war, sogar mit dir unter dem Herzen.« Mit scheuem Blick lächelte sie ihrem Sohn zu. Der lächelte zurück. »Trotzdem hat er mich irgendwann eingeholt und gepackt. Es gab ein Gerangel, und ich schwöre dir bei allem, was mir heilig ist, dass ich in Todespanik war. Mit all meiner Kraft befreite ich mich aus seinem Griff, ich glaube, ich habe ihn gebissen, und stieß ihn weg. Damit hatte er wohl nicht gerechnet, er taumelte und fiel. Und dann lag er auf dem Boden und röchelte. Ich wollte zu ihm, aber meine Angst und mein Überleben waren mir wichtiger. Und DEIN Überleben.«

Nachdem Marei geendet hatte, kehrte Stille ein in der Stube. Es war eine erleichterte Ruhe, eine, die man gut aushalten konnte. Begleitet vom Ticken der Standuhr, die im Herzschlagrhythmus schlug, stand Andreas auf, ging zu Marei und nahm sie in den Arm. Zum ersten Mal seit Sebastians Fund ließ sich die Mutter in seinen Händen fallen und beruhigte sich zunehmend. Anderl küsste sie auf den Scheitel und flüsterte beruhigend. »Alles gut, Mutter, alles wird gut.«

Epilog

»Und? Hast du sie bekommen, die Wahrheit?« Moni sah ihn aufmerksam an.

»Ja, ihren Teil der Wahrheit zumindest. Aber eines lässt mich dennoch nicht in Ruhe. Fährst du mich bitte zu meinem Büro?«

Moni gab Gas und fuhr Richtung Rathaus. Sie parkte auf dem Parkplatz mit dem Extraschild BÜRGERMEISTER.

Er nahm ihre Hand: »Kommst du noch mit? Ich würde mich freuen.«

In seinem Büro griff Andreas noch einmal zum Bericht des forensischen Instituts. Er blätterte, überflog den Text und blieb an einer Stelle hängen. »Hier, da steht das mit den Bissspuren, die Sebastian hatte. Das war kein Tier, das war meine Mutter. Sie hat es mir vorhin erzählt. Und sie kennt diese Analyse nicht. Sebastian ist gestürzt und auf etwas gefallen, daher die Einkerbung am Hinterkopf. Und sie meint, dass er noch röchelte, als sie in Panik weglief. Wie also kam er ins Moor und dort unter das Wasser?« Andreas schaute Moni fragend an. »Denkst du, was ich denke?«

Sie lachte auf. »Es schmeichelt mir, dass du mir deine komplexen Gedankengänge zutraust. Okay, schieß mal los, Herr Lehrer, was denkst du?«

Anderl biss sich kurz auf die Lippen, dann schürzte er den Mund. »Das Aufeinandertreffen von Sebastian und meiner Mutter muss jemand beobachtet haben. Vielleicht von Anfang an, sodass er oder sie – ich bin mir sicher, dass es ein Er war – mitbekommen hat, dass Marei schwanger ist. Er hört den Streit, rennt aus seiner Deckung raus und will eingreifen. Aber er kommt zu spät und sieht meine Mutter davonlaufen. Sebastian lebt aber noch. Und das ist die Gelegenheit.«

Monis Augen verengten sich zu Schlitzen: »Dir ist klar, was du damit behauptest?«

Andreas nickte und fasste nüchtern zusammen: »Überlege doch mal: Wer könnte denn gewusst haben, dass etwas zwischen Sebastian und meiner Mutter lief? Wer hat immer hinter seinem Bruder gestanden, seine Fehlzeiten ausgeglichen, alles für ihn gemacht, ihn immer überall rausgeritten, nur um festzustellen, dass genau dieser ihm das Mädchen vor der Nase weggeschnappt hat? Sie war die Einzige, in die er verliebt war, die er hätte heiraten und auf Händen tragen wollen, und die so ein Hallodri schwängerte, um sie am Ende sitzen zu lassen. Stell dir mal vor, welche Chance sich innerhalb einer Sekunde für ihn auftat. Jetzt oder nie. Er brauchte nur hinzugehen und den ohnmächtigen Bruder unter die Wasseroberfläche zu drücken. Ins Moor. Und Marei würde bestimmt froh sein, wenn sie zumindest den Harlacherbruder abbekam, der sie in Schutz nehmen und für sie sorgen würde. Und so war es schließlich auch.«

Moni riss die Augen auf. »Uh, das ist jetzt ..., du meinst, dass dein ...«

Er nickte. »Dass mein Vater Kilian meinen Onkel beziehungsweise leiblichen Vater Sebastian ertränkt hat.«

Moni atmete tief durch. »Boah, das ist heftig. Und da heißt es immer, dass auf dem Land nichts los sei. Moment mal ...«, insistierte sie, »warum hat Kilian einige Monate später bei Hapag Lloyd angerufen? Er wusste doch, was los war. Wollte er Marei unter Druck setzen? Oder sie dadurch näher an sich binden, nach dem Motto: Der Hallodri ist weg, aber hey, ich bin da, und das ist dein Glück?«

Andreas nickte. »Kann sein, ich könnte mir auch denken, dass mein Großvater darauf gedrängt und Kilian mitgespielt hat, weil er sich nicht verdächtig machen wollte.«

Langsam begann es zu dämmern. Sie saßen beide im dunkler werdenden Büro und betrachteten schweigend den Bericht, der offen auf dem Schreibtisch lag.

Moni durchbrach als Erste die Stille. »Und jetzt? Die komplette Wahrheit wirst du wohl nie erfahren. Nur der Teil ist sicher, den dir Marei erzählt hat. Das von dir angedachte Finale ist wahrscheinlich. Aber es lässt trotzdem Fragen offen, über diesen Abend speziell und deine Familie im Allgemeinen. Hoffentlich kannst du damit leben«, meinte Moni mit ernstem Ausdruck.

»Da sagst du was Gescheites.« Anderl nickte leicht mit dem Kopf. »Und ich heiße auch noch so wie meine beiden Väter.«

Sie sah ihm fest in die Augen: »Du könntest meinen Namen annehmen?«, schlug sie augenzwinkernd vor.

Andreas starrte sie an, als hätte sie Chinesisch gesprochen.

»Nach dem Vatertausch, ein Namenstausch, wie wäre das?« Monis Augenbraue hob sich, sie grinste von einem Ohr zum anderen.

»Aber, hä, ein Tausch? Du meinst, wir sollten ...?« Anderl fühlte sich überfordert.

Das Grinsen in ihrem Gesicht erreichte den Übergang zum Lachen, ihr Körper begann zu beben, letztlich brach ein schallendes Gelächter aus ihr heraus. Sie hielt sich den Bauch, unter Tränen gluckste sie: »Stell dir vor, du tauschst deinen Namen gegen meinen und dann ...«, wieder wurde sie von einer Lachsalve durchgeschüttelt. »Dann steht an deinem Zimmer »BÜRGERMEISTER ANDREAS SCHLAMMBERGER«.

Endlich kapierte Andreas, worauf Moni anspielte. Er stimmte in ihr Lachen ein. Herrlich, was für eine Befreiung. Vor seinem geistigen Auge sah er bereits das neue Schild an seiner Bürotür prangen.

Warteraum

Die Stühle im Eingangsbereich der Notaufnahme hatten bestimmt schon bessere Zeiten gesehen. In dem riesigen schlauchförmigen Raum, der die Gemütlichkeit einer schmuddeligen Bahnhofshalle besaß, waren sie an den beiden gegenüberliegenden Wandseiten mit den Rückenlehnen angeschraubt. Die Sitzflächen verkratzt und in einem Orangerot, bei dem Nele sofort der Gedanke an Pumuckl kam. Sie überlegte, wie viele Menschen hier bereits gewartet hatten. Ängstlich, verzweifelt, manche vielleicht auch nur aus Pflichtgefühl. Am oberen Ende des Schlauchs hing eine große, schlichte Uhr, in Schwarz-Weiß, deren Zeiger sogar ein Kurzsichtiger ohne Brille erkennen konnte. Außer Nele. Sie bemerkte, dass sie alles nur verschwommen wahrnahm. Die Stühle, die Uhr, die anderen Wartenden, alles verlor sich in diffusen Konturen und schien auf diese Weise stark verlangsamt. Als hätte jemand die Zeitlupenautomatik aktiviert. Wie lange saß sie schon hier? Blick aufs Handy, immer noch nichts Neues. Kaffee vom Automaten holen? Ihr Magen verneinte dies eindeutig. Also warten, auf die automatische Schwingtür am Ende des Schlauchs starren, direkt unter der Uhr. Nele drehte ihren Ring am Finger der rechten Hand. Er reflektierte das grelle Licht der Neonröhre, die direkt über ihr hing, weil er noch glänzte und blank war, fast neu. Es war ein spontaner Entschluss gewesen auf ihrer Rundreise an der Ostküste der USA entlang. Eine verrückte Idee, verliebt, glücklich, rosarot. So wie diese Weddingchapel, in der sie die Ringe getauscht hatten. Rosa, und jetzt dieses Orange. Der Magen krampfte sich zusammen. Kam da nicht eine Ärztin aus der großen

Tür? So war das doch immer, zumindest in den Filmen. Und tatsächlich. Wie von Ferne schien sich jemand zu nähern. In Zeitlupe. Weiße Locken wippten um den Kopf, der lange weiße Kittel wehte leicht nach hinten, wie bei einem Engel. Je näher dieser Engel kam, desto deutlicher müsste sein Gesicht werden. Nele kniff die Augen zusammen. Warum nur sah sie so schlecht, und warum verschwamm alles wie in einem Tränenmeer? Schlussendlich müsste es jetzt gut sein. Schließlich war da dieser Engel. Der schüttelte nur ganz leicht und langsam den Kopf und sagte etwas in einem unnatürlichen gedehnten Ton, als ob jemand den Tonarm eines Plattenspielers auf extrem langsam gestellt hätte. Es tue ihm sehr leid, und dass sie ihn gleich noch einmal sehen könne. Nele blieb stehen in diesem Warteraum und fragte sich, auf was sie jetzt noch warten sollte.

Jahre später spendete sie dem Krankenhaus mit dem von ihr gegründeten Förderverein eine komplette Renovierung des Warteraums.

Sehnsuchtsort

Manche lieben den Sonnenuntergang auf einer Trauminsel der Seychellen. Andere ziehen die schneebedeckten Alpen vor. Und die ganz Rastlosen schwärmen für den Anblick lichtdurchfluteter, nächtlicher Metropolen. Wenn wir Bilder von Sehnsuchtsorten sehen, passiert etwas mit uns. Egal, ob es sich um Erinnerungen handelt oder ob wir Pläne schmieden. Fast jeder hat einen Ort, von dem er träumt.

Die junge Leonie hatte auch so einen Ort. Es war eine unscheinbare Bushaltestelle, am Ende der langen grauen Straße, in der sie wohnte. Außer einer Litfaßsäule, an der immer noch die Reklame vom vorletzten Jahr klebte, und einer Straßenlaterne gab es nichts Besonderes. Direkt hinter der Haltestelle fing tatsächlich ein kleiner Park an. Die Bäume, die ihn abgrenzten, waren groß, alt und würdevoll. Jetzt im Herbst zeigten sie fast ihr schönstes Kleid, leuchteten mit der goldenen Herbstsonne um die Wette, bevor sie sich auf den Winter vorbereiteten. Leonie liebte diesen Ort. Sie liebte die Bäume mit all den Vögeln, die darin wohnten, manche sogar im Winter. Allerdings war das nicht der einzige Grund.

Dieser Ort war für sie eine Art Tor zur Welt. Na gut, vielleicht nicht gleich zur ganzen Welt, aber immerhin ins Stadtzentrum. Und das war für Leonie schon eine weite Reise.

Sie wohnte in der grauen Straße, seit sie denken konnte. Niemals war es hier schön gewesen, niemand würde freiwillig herziehen. Keiner gab sich Mühe, etwas zu reparieren oder gar zu sanieren. Die langen Häuserreihen gehörten zu den Bausünden, die in den frühen Sechzigern des letzten Jahrhunderts begangen wurden. Damals galten diese Wohnungen wahrscheinlich als begehrenswert, schon alleine, weil jede eine Zentralheizung und ein eigenes Bad hatte. Mit den Jahren verfiel aber alles. Da die Menschen, die hier lebten, nicht mit irdischen Gütern gesegnet waren, blieb es eben beim Verfall. Und auch das macht etwas mit den Menschen. Wer lebt gerne in grauen, endlosen, heruntergekommenen Siedlungen, von denen jeder Block aussieht wie der andere? Wer fühlt sich etwas wert, wenn er merkt, dass der Verfall gerade gut genug für ihn ist? Was passiert mit den Menschen, die die meiste oder die ganze Zeit so leben? Leonie litt ebenfalls darunter, sagte jedoch nichts. Sie kämpfte sich Tag für Tag durch ihr Leben, das man poetisch betrachtet als schlicht hätte bezeichnen können. Prosaisch gesagt eher trostlos. Zumindest oberflächlich gesehen. Denn ihr größtes Glück war ihre kleine Tochter.

Früh am Tag stand Leonie auf, um Zeitungen auszutragen. Danach brachte sie ihre Kleine in die Kita. Im Anschluss absolvierte Leonie andere Gelegenheitsjobs, mit denen sie sich und ihre Kleine über Wasser hielt. Leonie war eine Tagelöhnerin. Die meisten können sich wahrscheinlich gar nicht mehr vorstellen, dass es etwas Derartiges noch gibt. Da sie aber keinen Schulabschluss und aufgrund dessen keine Berufsausbildung hatte, war das nun mal so. Nicht, dass Leonie besonders dumm gewesen wäre. Es hatte sich aufgrund einer Verkettung tragischer Umstände einfach nicht anders ergeben. Dennoch fühlte Leonie einen gewissen Stolz, weil sie es schaffte, ihrer Tochter eine Wohnung zu bieten, die im Winter warm war, und ihr das Lieblingsmüsli mit dem bunten Tiger kaufen konnte.

Außerdem gab es Else, ihre Nachbarin. Else war eine ältere Dame mit einer sehr kleinen Rente und einem sehr großen Herzen. Und da Elses einziger Sohn im Ausland lebte und keine eigenen Kinder haben wollte, liebte sie die Kleine von Leonie wie ihr eigenes Enkelkind. Sie kümmerte sich und holte die Kleine von der Kita ab, wenn Leonie noch am Arbeiten war. Die drei waren eine eingeschworene Gemeinschaft. Sie teilten alles und versuchten, es sich mit ihren bescheidenen Mitteln so schön wie möglich zu machen.

Der einzige Luxus, den Leonie sich gönnte, war die wöchentliche Fahrt mit dem Bus in die Stadt. Meistens lief sie früher als nötig los, um noch an der Haltestelle stehen zu können. Das gab ihr ein gutes Gefühl. Es erweckte den Anschein von Normalität und einem besseren Leben, wenn man regelmäßig hier wegkam, wenn man Termine hatte. Nur wichtige Menschen haben Termine. So stand sie an der Haltestelle, lauschte dem Singen der Vögel und wartete. Wenn der Bus vorfuhr, stieg sie vorne ein, nickte dem Busfahrer zu und setzte sich ans Fenster, um alles zu sehen, alles in sich aufzusaugen. In der Stadt befand sich ein großes Beratungszentrum. Es gab eine Unmenge an Stockwerken, Fahrstühlen, Zimmern und großen Räumen. Leonie kannte sich mittlerweile ganz gut aus. Sie ging jedes Mal in den dritten Stock, Zimmer 311. Dort wurde sie jeden Dienstag sehr herzlich von Frau Dr. Dehner begrüßt. Frau Dr. Dehner war für Leonie wie ein Wesen von einem anderen Stern. Sie sah sehr gepflegt und chic aus. Immer hatte sie lässig die rotbraunen Haare hochgesteckt, um den Blick auf die schönen Perlenohrringe zu lenken. Leonie mochte gerne ihr natürliches Parfüm, das an eine Blumenwiese im Frühsommer erinnerte. Es roch so dezent wie bezaubernd. Und dazu noch der Doktortitel. Frau Dehner war allem Anschein nach eine Dame von Welt. Und dennoch stets verständnisvoll und kein bisschen hochnäsig. Frau Dr. Dehner war Therapeutin und half Menschen wie Leonie, die schlimme Dinge erlebt hatten. Sie war seit jenem Tag an Leonies Seite, als die Polizei Anzeige erstattete, weil Leonie nicht dazu in der Lage war. Und vielleicht hätte Leonie ohne das geduldige Zureden von Frau Dr. Dehner niemals irgendjemandem ihre Geschichte anvertraut. Vielleicht wäre alles ganz anders ausgegangen und es gäbe Leonie gar nicht mehr.

Es begann an Leonies Geburtstag. Obwohl sie schon achtzehn Jahre wurde, war sie noch in der Schule und wollte, nach einem Wiederholungsjahr, ihren Schulabschluss schaffen. Ihr großer Traum war eine Ausbildung als Gärtnerin oder Floristin in einem der schönen Geschäfte der Stadt. Dort hatte sie bereits Praktika gemacht und sich geschickt angestellt. Und da sie jung, hübsch und fleißig war, standen ihre Chancen gar nicht einmal so schlecht. Nur der Schulabschluss war ein Muss. In der Schule tat sich Leonie von jeher schwer. Normalerweise hätte sie in einer speziellen Einrichtung unterrichtet und unterstützt werden müssen. Doch ihre Mutter hielt nichts von solch einem Firlefanz. »Die soll in der Fabrik arbeiten wie wir alle«, war deren Mantra. Leonie wollte hingegen auf gar keinen Fall in die Fabrik, sie wollte etwas mit Pflanzen und Blumen machen.

Aber zunächst einmal wünschte sie sich eine richtige Party, denn der achtzehnte Geburtstag war schon etwas ganz Besonderes. Zusammen mit ihren Freundinnen aus der Straße hatte sie vor, in den Pub in ihrem Viertel zu gehen, wo am Wochenende gerne ausschweifender gefeiert wurde. Leonie stand ewig vor ihrem nicht wirklich reich bestückten Kleiderschrank. Ihr war einmal nach etwas Anderem als immer nur Jeans und Tops. Ein Kleid wäre super, ein richtig schönes Kleid. Etwas ganz Ausgeflipptes, mit Glitzer und Glamour. Miri besaß solche Kleider. Und eines davon passte Leonie wie angegossen. Es war das perfekte Kleid für die perfekte Partynacht. Aber Schenken sei nicht drin, meinte Miri. Für Schenken sei es zu teuer gewesen. Und Miri organisierte ja schon die Party für Leonie. Leihen wäre drin, besser noch tauschen. Leonie war einverstanden. Sie würde im Tausch für das Kleid den Wochenenddienst in der Wäscherei übernehmen, in der Miri jobbte. Denn so könnte sich Miri mit einem neuen Typen zu einem Ausflug treffen. Der hatte sogar ein Auto. Und Leonie machte die Arbeit nichts aus. Dadurch kam sie zumindest ein paar Stunden samstags von zu Hause weg. So bekam Leonie den grellen Fummel, in dem sie wirklich sexy aussah, und gemeinsam freuten sich Leonie und Miri darauf, die Nacht durchzutanzen und zu feiern. Genauso wie die Stars in den ganzen TV-Serien.

Die Party war in vollem Gange und Leonie ganz berauscht von der lauten Musik und den reflektierenden Lichtern, die dem Nebenraum der Kneipe einen mondänen Charakter verliehen. Leonie tanzte und trank von den süßen, bunten Cocktails, die ihr ständig jemand in die Hand drückte. Sie lachte auf der Tanzfläche und drehte sich. Das war es. Das war das pralle Leben. So könnte es immer sein. Aus den Augenwinkeln heraus erblickte sie plötzlich Stefan, der dicht neben ihr tanzte und sie direkt aus seinen eisblauen, stechenden Augen anstarrte. Völlig ungeniert. Leonie lächelte ihn nur einmal kurz an. Das verstand er wohl als Aufforderung. Er nahm ihr das Glas ab, drückte es dem Nächstbesten in die Hand, umklammerte ihren Arm und lenkte sie durch die überfüllte Tanzfläche nach draußen. Leonie sagte nichts und hörte noch Miri etwas rufen.

Draußen war es kalt und feucht und Stefan schob sie kommentarlos vor sich her in eine dunkle Ecke. Leonie wurde langsam nüchterner. Stefan war ein toller Typ, doch was sollte das? Sie wollte wieder rein zu den anderen und tanzen. Sie versuchte, Stefans Hand abzuschütteln, er hingegen griff reflexartig noch fester zu. Dann lachte er höhnisch und meinte bloß: »Du willst es doch auch, schau dich nur mal an, wie du rumläufst, ihr wollt das doch alle.« In Panik versuchte Leonie, um sich zu schlagen, aber Stefan hatte sie fest im Griff. »Wehr dich, sag was«, meinte er hinterhältig und stieß sie auf den nassen Boden. Leonie schlug wie wild um sich und versuchte, irgendetwas in die Hand zu bekommen, einen Stein oder sonst was. Als sie merkte, dass er genau das wollte, blieb sie lieber reglos liegen und ließ alles über sich ergehen. Er sagte die ganze Zeit stakkatoartig »Schrei, los schrei!« Jedoch – Leonie schrie nicht.

»Leonie, wo bist du? Zeig dich endlich. Leeonieee?« Miri hatte Stefans Abgang mit ihrer Freundin beobachtet. Was wollte dieser Typ von ihr? Er wusste doch, was mit ihr los war. Sie stolperte durch die Dunkelheit, als sie plötzlich ein Rascheln und Schritte hörte. Jemand rannte aus einer Ecke auf und davon. Im Düstern konnte Miri nur Umrisse erkennen. Sie nahm all ihren Mut zusammen und lief in Richtung des Raschelns, als sie ein fast tonloses Wimmern vernahm. Da lag Leonie. Das Kleid hochgeschoben, die Beine zerkratzt, verschmierter Mascara. Sie lag auf der Seite und krümmte sich.

Die Polizistin legte eine warme Decke um Leonie und redete dabei leise und beruhigend auf sie ein. Andere Partygäste standen vereinzelt herum und schüttelten bei Fragen der Polizisten nur den Kopf. Wer dieser Stefan sei? Ach, eigentlich ein netter Typ, ein bisschen ein Angeber vielleicht, sonst ganz in Ordnung. Leonie selbst sagte nichts. Sie weinte nicht, sie reagierte nicht.

Wie in Trance ließ sie sich zur Untersuchung fahren. Auf der Polizeidienststelle machte sie keine Anstalten, eine Anzeige zu erstatten. Auch Miri blieb mit ihren Aussagen im Ungefähren. Erst als Frau Dr. Dehner kam, wurde Leonie wieder etwas lebendiger. Die Therapeutin redete mit sanfter, aber entschlossener Stimme auf Leonie ein und gab ihr zu verstehen, dass es nicht ihre Schuld sei. Sie nahm Leonie ernst und bedrängte sie nicht. Durch ihre Ruhe und Anteilnahme gab sie Leonie Kraft. Eine Kraft, die das junge Mädchen noch nie vorher gespürt hatte. Deshalb vertraute sich Leonie Frau Dr. Dehner an, mit den Mitteln, über die sie verfügte.

Die Therapeutin stand Leonie bei, als es ein Hauen und Stechen zwischen dem Anwalt und der Staatsanwältin gab, weil der Täter behauptete, dass Leonie sich gar nicht richtig gewehrt, nicht deutlich »Nein« gesagt hätte. Stefans Anwalt stellte fest, dass sein Mandant keinerlei Kenntnis davon hatte, dass Leonie stumm sei. Er war davon ausgegangen, dass diese junge Frau eben nicht viel redete, und selbstverständlich hätte er den Geschlechtsakt sofort abgebrochen, wenn sie deutlich ihren Unwillen formuliert hätte. Dass sie das nicht könne, sei natürlich sehr unglücklich und außerordentlich zu bedauern, dürfe aber in keinem Fall dem Angeklagten angelastet werden. Und außerdem hätte sich die junge Dame ganz freiwillig aus der Kneipe führen und in den dunkleren Winkel ziehen lassen. Durch ihre Kleiderwahl und ihr aufreizendes Verhalten, das sie beim Tanzen regelrecht zur Schau gestellt hätte, sei sein Mandant geradezu zu der Annahme verführt worden, dass es sich hierbei um einvernehmlichen Geschlechtsverkehr handelte. Es gab ein langes und unwürdiges Gezerre darum, ob der Täter von der Behinderung des Opfers gewusst und diese ausgenutzt hatte oder ob nicht sogar eher eine Mitschuld des Opfers vorläge.

In ihrem Viertel fand Leonie nicht viel Unterstützung. Ihre Mutter war selbst überfordert und riet Leonie nur, einfach alles zu vergessen, »weil dem Stefan sein Vater doch so einer von denen in der Fabrik« war. Und auch Miri blieb seltsam einsilbig, wenn es darum ging, beim Prozess eine Aussage abzugeben. Leonie wollte das alles gar nicht. Sie sehnte sich nach einem Loch, in das sie springen konnte, um weg zu sein. Oder einfach nur sterben. Das wäre die schnellste Lösung gewesen. Aber als sie merkte, dass sie schwanger war, beschloss sie zu kämpfen. Trotz der tragischen Umstände wollte sie dieses Kind. Sie würde es lieben, von ganzem Herzen, egal, was alle anderen dazu sagten. Das Kind konnte nichts dafür. Erwartungsgemäß fand sie in ihrer Mutter keinerlei Unterstützung. Und so wurde Frau Dr. Dehner zu Leonies Rettungsanker. Frau Dr. Dehner half ihr, eine eigene Wohnung zu finden. Im selben Viertel zwar, doch das war Leonie egal, denn immerhin wurden sie und Else dadurch Nachbarinnen. Die Therapeutin stand Leonie nicht nur bei den ganz praktischen Dingen und bei allerlei Anträgen und Formularen bei. Sie gab ihr vor allem Mut und Halt. Sie wurde Leonies Stimme. Leonie lernte, ihr Stummsein, welches sie immer in ein Leben in Passivität gedrängt hatte, gegen ein Leben des »Gehörtwerdens« zu tauschen. Sie sagte, so laut es ihr möglich war: »Ich will nicht mehr warten, bis andere über mein Leben entscheiden. Ich will nicht mehr nur das nehmen, was vom Tischrand runterfällt. Ich tausche mein eigenes Nichtstun gegen Aktivität, ich tausche mein ›Ruhigsein‹ in ein klares ›Ich will‹.« Endlich entwickelte Leonie zum ersten Mal

Ansprüche an ihr Leben und fand Wege, sich verständlich zu machen. Diese Tatsache, und natürlich ihre süße Kleine, waren ein großer Gewinn. Frau Dr. Dehner hätte Leonie gerne noch mehr geholfen, zum Beispiel bei der Vermittlung eines Ausbildungsplatzes oder einer anderen Wohnung. Aber Leonie wollte es selbst schaffen. Und dass eine dermaßen bewundernswerte Dame wie Frau Dr. Dehner ihr dafür gebührenden Respekt zollte, erfüllte Leonie mit großem Stolz.

Seitdem stand Leonie jeden Dienstag an der Haltestelle, fuhr in die Stadt, und wenn sie wieder zurückkehrte, zu ihrer kleinen Tochter und Else, war ihr unbändiger Wille noch ein bisschen größer geworden. Sie dachte bei sich: »Ich bin zwar stumm, aber nicht so dumm, wie mir das alle immer versucht haben, einzureden. Ich werde meinen Weg gehen. Und eines Tages steige ich mit den Meinen hier in den Bus, ohne Rückfahrkarte.«

Freitags

Es war an einem Freitag, als sich mein Leben grundlegend änderte. Meinem Vater war es vormittags gelungen, seine zwei Flugtickets nach Genf gegen einen früheren Flug einzutauschen. So könnte er noch an der Eröffnungsveranstaltung des Ärztekongresses, der übers Wochenende dort stattfinden sollte, pünktlich teilnehmen. Meine Mutter wollte ihn begleiten, um eine alte Schulfreundin zu besuchen. Ich durfte zu Oma Kruse, unserer Nachbarin, die die besten Geschichten erzählte und die leckersten Pfannkuchen backte.

Der Flieger hatte seine Flughöhe noch nicht ganz erreicht, als der Co-Pilot den Piloten überwältigte, die Tür zum Passagierraum verriegelte und das Flugzeug übernahm, um es absichtlich gegen eine Felswand zu steuern.

Bei Oma Kruse durfte ich nicht bleiben, weil sie schon ziemlich alt war. So verbrachte ich meine Kinder- und Jugendzeit in diversen Kinderheimen, Familien und Wohngruppen. Da ich ein niedliches, braves und hübsches Mädchen blieb, bekam ich problemlos alles, was ich an täglicher Fürsorge brauchte. Nur Beachtung schenkte man mir keine.

Also verliebte ich mich nach meinem Schulabschluss gleich in den ersten netten jungen Mann, der sich wirklich für mich interessierte. Er war groß gewachsen, schön und hatte ausgezeichnete Manieren. Und er gab mir das Gefühl, eine begehrenswerte junge Frau zu sein. Mein Plan war es eigentlich, nach der Schule ein wenig zu jobben, um Geld zu verdienen, und mir eventuell einen Studienplatz zu suchen. Da meinte er, studieren könne ich auch bei ihm. Und so zogen wir an einem Freitag in seine Heimatstadt. Ich war glücklich. Manchmal wunderte ich mich zwar über seine absurden Eifersuchtsanfälle, dann freute ich mich wieder über die Beachtung, die er mir dadurch schenkte. Nach einem halben Jahr wurde aus der Eifersucht eine regelrechte Kontrollsucht. Ich durfte nur noch mit ihm zusammen etwas unternehmen, selbst den Einkauf im Supermarkt. Und wenn ich einmal schwach dagegen protestierte, wurde er laut, manchmal zornig und sagte, dass ich jederzeit weggehen könne, wenn es mir nicht mehr passe. Es passte nicht mehr, doch weg wollte ich auf gar keinen Fall. Wohin hätte ich schon gehen sollen? Ich kannte wirklich niemanden hier außer ihn. Von Studieren war natürlich keine Rede mehr. Dennoch wollte er, dass ich Geld mit dazuverdiente. Er suchte mir einen Job bei einer Reinigungsfirma. Die hatte den Vorteil, dass sie auf dem Weg zu seiner Arbeitsstelle lag und er mich sowohl hinbringen als auch abholen konnte. Um diese Zeit hatte er bereits die totale Kontrolle über mein Leben, über mich. Jetzt mögen vielleicht einige denken, dass ich mich hätte wehren und aufbegehren sollen. Dazu bin ich von jeher gar nicht der Typ und hatte keinerlei Erfahrung mit Auflehnung. So kam ich in eine Putzkolonne in einem der riesigen Firmengebäude der Stadt. Unsere Reinigungstruppe unterstand dem Regiment von Concetta, einer gebürtigen Italienerin mit graumelierten Locken und einer scheinbar nie versiegenden Energie, die meine Mutter hätte sein können.

Sie wachte mit Argusaugen darüber, dass alles immer »tutto pulito« war, und beobachtete mich erst eine Weile. Auf diese Weise registrierte sie, dass ich nie mit dem Bus zur Arbeit fuhr wie alle anderen und dass ich scheinbar keinerlei Ansprüche oder Bedürfnisse hatte und alle Arbeiten frag- und klaglos ausführte. Manchmal brachte sie mir ein Stück selbst gemachte Pizza oder Kuchen mit und schaute verwundert, weil ich mich über alles freute wie ein kleines Kind, das endlich das ersehnte Geschenk zum Geburtstag bekommt. Das Glas mit der selbst gemachten Marmelade aber, das sie mir freudestrahlend kredenzte, stellte ich ganz hinten in meinen Spind. Ich wollte mich zu Hause nicht deswegen erklären müssen. So nach und nach schien Mama Concetta, wie ich sie nach wenigen Wochen nennen durfte, meine Situation zu durchschauen. Mit viel Einfühlungsvermögen stellte sie die richtigen Fragen, die ich zuerst nur mit einem Nicken oder Kopfschütteln beantwortete.

Es war wieder an einem Freitag, als wir mit unserer Arbeit bereits früher fertig waren. Ich kam gerade von der Toilette, als Mama Concetta vor meinem offenen Spind stand und auf das Marmeladenglas starrte. Plötzlich kam mir die Idee, dass sich mein Leben vielleicht noch einmal ändern ließe. Ich hatte noch gut zwanzig Minuten Zeit, bis er mich abholen würde. Zwanzig Minuten, in denen Mama Concetta von mir das erfuhr, was sie ohnehin seit Längerem ahnte. Nach meiner Beichte zwinkerte sie mir mit dem rechten Auge zu, legte ihre Hand zuerst auf ihre gespitzten Lippen und dann auf ihr Herz. Mein Geheimnis würde bei ihr sicher verwahrt bleiben. Ohne groß Aufhebens zu machen, nahm sie die Sache in die Hand. Über ihr Handy, ich hatte natürlich kein eigenes, telefonierten wir mit ihrer Familie in Süditalien. So lernte ich alle kennen. Bei der Arbeit unterhielten wir uns nur noch auf Italienisch. Das fiel mir umso leichter, als ich jahrelang Französisch in der Schule gehabt und schon damals eine ausgesprochene Neigung zum Sprachenlernen hatte. Ich legte Geld beiseite, kaufte mir ein eigenes Handy und deponierte alles bei Mama Concetta. Sie wurde zu meinem Geheimversteck. Im Laufe der Zeit hortete ich mehr Sachen bei ihr. Ich entwickelte Geschick und Fantasie darin, meine Habseligkeiten aus seinem Leben zu schmuggeln. Weniger gut kontrollierbar war meine Verhaltensänderung. Er wurde misstrauisch und durchsuchte unsere ganze Wohnung nach Hin- oder Beweisen. Aber er fand nichts, gar nichts. Das machte ihn nur noch misstrauischer und er fing an, mir auf den Zahn zu fühlen. Er wurde richtig nervös, aus Angst, die Kontrolle über mich zu verlieren, und mir fiel es zunehmend schwer, das arme Opfer zu bleiben. Er verlangte von mir, meinen Job zu kündigen, weil sogar ihm bewusst war, dass er das nicht selbst vermochte.

Das war gestern und heute, an einem Freitag, sitze ich im Flugzeug nach Catania, hin zu meinem neuen Leben.

Traumjob

Gleich zu Beginn der ersten Stunde gab es die erste Konfrontation.
»Dana, leg bitte das Handy weg.«
Dana schaute Frau Wiedemann nur mit großen Augen und leicht geöffnetem Mund an, während sie das Handy ganz offensichtlich in die Jackentasche schob. »Hä? Welches Handy? Ich hab gar kein Handy.«
»Doch, du zeigst es die ganze Zeit Kathi. Du sollst dich aber auf das Arbeitsblatt konzentrieren.«
»Hä? Welches Blatt?« Dana durchsuchte ihren mit allerlei Zeugs garnierten Tisch. »Ach, das da? Das blick ich eh nicht.« Damit war für Dana die Sache erledigt. Sie bedachte die Lehrerin noch mit einem gelangweilten Blick aus ihren mit Kajal umrandeten, müden Augen und zog erneut ihr Handy hervor.
Nahezu ohnmächtig beobachtete Frau Wiedemann diese Szene. Los, tu jetzt etwas, schreite sofort ein. Wenn du jetzt nichts tust, hast du verloren. Alle warten auf ein Signal von dir, ein deutliches. So hämmerte die innere Stimme von Christiane Wiedemann in ihrem Schädel. »Dana«, kam es eine Spur zu schrill von Frau Wiedemann, denn wie auf Knopfdruck kicherte die hinterste Mädchenreihe ungeniert los, wobei Isabella laut »Dana«, »Dana« plärrte. Die Lehrerin spürte, wie bereits nach fünfzehn Minuten eine mittlere Panik in ihr hochstieg. Ihre Nerven begannen genauso zu flattern wie ihr Magen. Nur mit äußerster Kontrolle gelang es ihr, die Stimme einigermaßen zu beherrschen. »Dana, du gibst mir jetzt sofort dein Handy.«
»Ey, das dürfen Sie nicht. Sie dürfen mir mein Handy nicht

wegnehmen«, protestierte das Mädchen nun auch in einem aggressiveren Tonfall.

 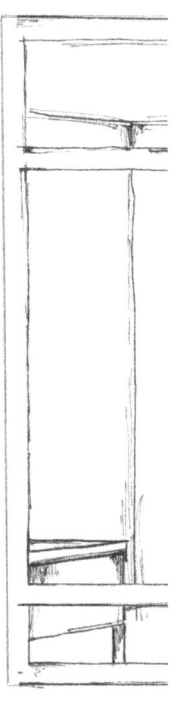

»Doch, das darf ich. Du kannst es dir nach dem Unterricht wieder bei mir abholen. Gib mir jetzt das Handy.« In diesem Moment wusste die Lehrerin, dass es keinen Weg zurück mehr gab. Heute würde das Handy der Auslöser für eine Sturmwelle im Klassenzimmer sein. Gestern war es Mahmut gewesen, der alle paar Minuten auf die Toilette musste, angeblich weil er eine Blasenentzündung hatte. Und vorgestern war es ein Streit, den Kai und Luis lautstark mitten im Unterricht über drei Tischreihen hinweg austragen mussten. Der Austausch ging von übelsten Beleidigungen bis hin zu Gewaltandrohungen in der Pause.

Frau Wiedemann zog unwillkürlich den Kopf ein, als Dana, ohne ihr Handy in der Hand, nach vorne stürmte, um laut zu verkünden: »Ich geh jetzt zum Direx und da beschwere ich mich über Sie, weil Sie mir mein Handy klauen wollen. Und überhaupt ist es hier immer so laut, dass man sich sowieso nicht konzentrieren kann. Meine Mutter sagt auch, dass ich voll schlecht geworden bin, seit Sie unsere Lehrerin sind.« Unter dem Gegröle der Klasse verließ Dana tatsächlich das Zimmer.

An Unterricht war nicht mehr zu denken. Christiane Wiedemann versuchte nur noch, den Lärmpegel einigermaßen niedrig zu halten, damit nicht wieder der Kollege von nebenan hereinplatzte, um sich über den Krach zu beschweren. Das Klassenzimmer verwandelte sich allmählich in eine Ruine, in die Dana bis zur Pause nicht mehr zurückkehrte. Pünktlich zum Gong rannten alle zur Tür, egal, ob sie die Hausaufgaben aufgeschrieben hatten oder nicht. Das Lehrermantra »Nicht der Gong, sondern ich beende die Stunde« galt hier schon lange nicht mehr.

Christiane Wiedemann hätte ein bisschen durchatmen können. Aber sie dachte natürlich an das bevorstehende Gespräch, in dem sie sich vor ihrem Chef wegen der Sache mit Dana rechtfertigen musste. Und dann kam noch Yasemin. Yasemin schaute Frau Wiedemann aus großen, dunklen Augen an. »Jetzt haben Sie ja Pause und können sich ein bisschen erholen. Wir machen es Ihnen wirklich nicht leicht«, meinte sie mit ehrlichem Mitgefühl in der Stimme. Die Lehrerin schüttelte den Kopf und versuchte ein Lächeln. Mädchen wie Yasemin waren einmal der Grund gewesen, warum Christiane Wiedemann unbedingt Lehrerin werden wollte. Sie war immer begeistert davon, wie aufnahmefähig Kinder sein können. Es war ihr eine Freude, mit ihnen zu arbeiten und für sie da zu sein. Und Yasemin war genau solch eine. Dennoch hasste sie die Kleine in diesem Moment für ihren lieb gemeinten Trost. Denn noch schlimmer als die Rüpel in der Klasse waren die Schüler, die Mitleid mit ihr hatten und es offen aussprachen.

Doch jetzt kam das Schlimmste. Der Gang in das zwei Stockwerke höher gelegene Lehrerzimmer. Auf dem Weg nach oben musste sie sich am Treppengeländer abstützen. Ihre Knie zitterten wie Grütze. Im Lehrerzimmer schlug ihr sofort der abgestandene Geruch entgegen, der entsteht, wenn sich zu viele Menschen auf zu engem Raum aufhalten. Christiane Wiedemann versuchte, möglichst unauffällig an ihren Platz zu schleichen. Einfach hinsetzen und so tun, als würde sie sich auf die nächste Stunde vorbereiten. Höflich grüßen und lächeln. Immer lächeln. Business as usual. Sie unterdrückte eine latente Übelkeit, die durch das saure Aufstoßen ihres Magens verursacht wurde. Endlich öffnete ein Kollege ein Fenster.

Robert Schneider war ein großer Mann »im besten Alter«, der es verstand, seine Schule durch konsequentes Auftreten und Empathievermögen zu führen. Er wurde von den meisten Schülerinnen und Schülern respektiert, von manchen sogar ein wenig gefürchtet und vom Großteil des Kollegiums geachtet. Seit Wochen schon legte er ein besonderes Augenmerk auf Frau Wiedemann. Mit großer Sorge beobachtete er ihre Entwicklung. Was war nur mit ihr los? Seine einstige Vorzeigepädagogin schien in ein tiefes Loch zu stürzen. Zu oft hatte er Kollegen in diese tückische Spirale der Erschöpfung fallen sehen. Wo war die energiegeladene, stets gut gelaunte und attraktive Christiane Wiedemann geblieben, der nie etwas zu viel wurde, die immer einsprang und hilfsbereit war? Seit sie die, zugegeben äußerst schwierige 9b als Klassenlehrerin hatte, war sie wie ausgewechselt. Vielleicht war es doch eine Fehlentscheidung gewesen, ihr diese Klasse zu geben? Aber was hätte er tun sollen? Zwei Kolleginnen hatten vor den

Sommerferien ihre Schwangerschaft bekannt gegeben, einer hatte sich in den Ruhestand verabschiedet und den ganz Neuen konnte er diese Klasse nicht anvertrauen. Er kannte die Schüler der 9b gut, er selbst unterrichtete Englisch dort. Bei ihm ging es einigermaßen, was wohl am Rektorenbonus lag, den ihm selbst die härteren Jugendlichen entgegenbrachten. Er wusste, dass es keine bösen Kinder waren, nur eben oft vollkommen halt- und hemmungslos. Sie brauchten dringend eine strengere und dennoch fürsorgliche Hand. Das hatten die meisten von ihnen zu Hause nicht. Und das hatte er Christiane Wiedemann zugetraut. Das Einzige, das ihm bei der Verteilung der Deputate auffiel, waren die Reaktionen der anderen Kollegen. Von denen wollte keiner, auch nicht die ganz Erfahrenen, die 9b. Und als er laut über die Idee nachdachte, Frau Wiedemann einzusetzen, kam die Zustimmung der Kollegen eine Spur zu schnell und nachdrücklich. Aber diese Gedanken brachten ihn jetzt nicht weiter. Vorhin war Dana zu ihm ins Büro gestürmt und hatte eine haarsträubende Geschichte erzählt. Er musste der Sache auf den Grund gehen.

»Frau Wiedemann, hätten Sie mal eine Minute?«

Christiane zuckte innerlich zusammen. Früher war sie bei dieser Frage ganz unbefangen und neugierig gewesen. Früher, das war noch vor einem Jahr. Sie folgte dem Chef in sein Büro und spürte im Rücken die Blicke der Kollegen und Kolleginnen.

Herr Schneider versuchte, eine stressfreie Atmosphäre zu schaffen, und bot seiner Kollegin einen Kaffee an. Wie immer bemerkte er augenzwinkernd, dass er hier, im Rektorat, die bessere Espressomaschine hätte.

Christiane Wiedemann lehnte nur nervös lächelnd ab. Einerseits war sie gerührt vom Versuch des Chefs, ihr das Gespräch so angenehm wie möglich zu machen, andererseits war sie schon so weit, ihm einen Teil der Schuld an ihrer Misere zu geben. Weil er ihr diese Klasse zugemutet hatte.

Herr Schneider setzte sich ihr gegenüber, faltete seine Handflächen zusammen und meinte geradeaus: »Frau Wiedemann, Sie wissen ja selbst, dass Dana vorhin bei mir war. Ich habe sie erst einmal angehört und mit ihr vereinbart, dass wir uns nachher noch einmal zu dritt unterhalten. Dass das Mädchen einfach aus der Klasse geht, darf natürlich nicht sein. Und ich nehme an, dass Sie das bereits im Tagebuch vermerkt haben.«

Frau Wiedemann schluckte. Das mit dem Tagebuch hatte sie tatsächlich vergessen. Sie war mit der grölenden Klasse beschäftigt gewesen. Christiane starrte ihren Chef an wie das Kaninchen die Schlange, unfähig, einen klaren Gedanken zu fassen. Der Chef versteht dich, los, sag endlich was. Quatsch, warum sollte er dich verstehen, du machst Schwierigkeiten, du funktionierst nicht mehr. Sie schüttelte den Kopf, und ohne es zu registrieren, liefen ihr Tränen über die Wangen.

Da übernahm Herr Schneider das Reden. »Frau Wiedemann, beruhigen Sie sich. Niemand will Ihnen Vorwürfe machen. Das ist kein Tribunal, es ist lediglich ein Gespräch. Ich merke doch, dass Sie Hilfe brauchen, und genau das sollten wir besprechen.« Das sagte er in einem beruhigenden, warmen Ton.

Aber etwas daran war deutlich zu hören, nämlich das, was er nicht sagte. Er sprach nicht darüber, dass sie sich keine Sorgen um ihre Fähigkeiten machen müsse. Er sagte nichts dazu, dass fast alle Lehrer mal an solch einem Punkt gewesen seien. Auch nicht, dass er als Junglehrer schon Derartiges erlebt hätte. Kein Wort darüber, dass sich bereits andere an der 9b die Zähne ausgebissen hätten, deshalb sei es mit dieser Klasse ja überhaupt so weit gekommen. Und kein Sterbenswörtchen davon, dass es nicht ihre Schuld sei. Christiane war froh, dass er beruhigend und freundlich reagierte. Dennoch hörte sie mit jedem Wort heraus, dass sie nun etwas tun musste, damit der Unterricht wieder störungsfrei verlief. Was hatte sie erwartet? Dass sie die Klasse tauschen durfte? Wollte sie das wirklich? Wer würde überhaupt mit ihr tauschen wollen? Dann lieber gleich den Job als Lehrerin gegen einen anderen eintauschen. Einen, der vielleicht nicht im Mindesten interessant, dem sie aber gewachsen war.

Herr Schneider versprach, sich um eine Krankheitsvertretungskollegin zu kümmern, die sich stundenweise mit Christiane die Klasse teilen könne, damit zumindest mal eine Entzerrung der Situation geschaffen würde.

Spätnachmittags, wenn Christiane nach Hause kam, versuchte sie, sich ein bisschen zu erholen. Glücklicherweise wohnte sie nicht am Schulort. Das verschaffte ihr ein wenig Abstand. Alleine die Vorstellung, ihre Schüler nachmittags im Supermarkt zu treffen oder gar deren Eltern, war furchtbar. Nachts lag sie oft wach und überlegte sich Strategien, wie sie den nächsten Tag überleben konnte, ohne allzu viel Aufsehen zu erregen. Die Schüler waren ihr keineswegs egal. Es fehlte ihr einfach die Kraft, sich auch noch kluge pädagogische Konzepte auszudenken. Fast jede Nacht quälten sie dieselben Gedanken: Du bist eine Versagerin. Kaum raus aus deiner Sorglosblase mit den jüngeren Klassen, und schon kriegst du nichts mehr auf die Reihe. Du bist keine tolle Pädagogin, du bist eine verdammt schlechte Lehrerin.

Auch heute ging sie, wie meistens, vollkommen übermüdet und mit Kopfschmerzen in die Schule. Gerne hätte sie sich krankschreiben lassen, aber sie hatte dieses Schuljahr schon auffallend viele Fehltage. Ich müsste mal wieder mehr Sport treiben, raus an die Luft, joggen, irgendwas. Ihr Nacken war ein einziger Schmerzmuskel. Eigentlich schmerzte ihr ganzer Körper vor Erschöpfung. Arme und Beine waren schwer wie Blei. Auf den letzten Drücker schlurfte sie zur ersten Stunde in die 9b. Mittlerweile versuchte sie nur noch, die Stunden zu überstehen, die versprochene KV-Kollegin war natürlich noch nicht da. Christianes schlechtes Gewissen gegenüber der Klasse war groß, noch größer war hingegen ihre Erschöpfung.

Bereits auf dem Gang vor ihrem Klassenzimmer hörte sie die Schüler, und als sie eintrat, nahm sie wahr, dass fast die ganze Klasse durcheinanderrufend an den offenen Fenstern stand. Einige waren sogar regelrecht entsetzt und riefen: »Lass den Scheiß, das geht zu weit!« Panik stieg in der Lehrerin auf. »Was geht hier vor?«, rief sie mit einer ungewohnten Schärfe in ihrer Stimme. Dadurch schreckten die Schüler tatsächlich auf, auch Luis, der in diesem Moment losließ. Ein Aufschrei. Frau Wiedemann rannte zum Fenster und glaubte nicht, was sie da sah. Luis hatte Kai an den Füßen zum Fenster herausgehängt, erschrak und ließ los. Gott sei Dank war das Fenster nicht sehr hoch und genau darunter befand sich ein riesig aufgetürmter Blätterhaufen, den der Hausmeister am Tag zuvor mit Hilfe des Laubbläsers dort platziert hatte. Frau Wiedemann starrte entsetzt aus dem Fenster. Kai stand gleich wieder auf und schien einigermaßen in Ordnung zu sein. Just in diesem Augenblick überquerte der Rektor den Hof. Er rannte zu Kai, sprach auf ihn ein, und als dieser nickte, gingen beide hoch. Christiane musste sich setzen.

Im Klassenzimmer angekommen wies Herr Schneider den Jungen an, seine Sachen zu packen. Es entstand eine gespenstische Stille. Kai verabschiedete sich. Herr Schneider meinte nur, dass Kais Mutter auf dem Weg hierher sei, um mit ihm zum Arzt zu gehen. Hoffentlich war nichts weiter passiert als ein Riesenschreck. Aber ausschließen könne man das erst nach einer gründlichen Untersuchung.

Da platzte eine Schülerin heraus: »Es tut uns leid. Das wollten wir nicht. Es war nur eine Wette, so zum Spaß.« Es war Dana.

Frau Wiedemann schaute noch fassungsloser als zuvor. »Wie Spaß? Welche Wette? Ihr könnt mir doch nicht erzählen, dass es ein Spaß ist, jemanden an den Füßen aus dem Fenster zu hängen. Das ist, das ist kriminell, ist das. Ihr seid kriminell. Ihr kommt nur hierher, um Blödsinn zu machen und euch aufzuführen. Es ist euch vollkommen egal, ob ihr was lernt. Und ich war auch noch so blöde und dachte mir, man könnte euch mit Begeisterung zum Lernen bringen. Mit Verständnis. Aber ihr, ihr seid einfach nur ...«

»Frau Wiedemann, beruhigen Sie sich.« Herr Schneider schnitt ihr das Wort ab. »Erzählen Sie, was vorgefallen ist«, forderte er die Kollegin auf.

»Ich komme herein, alle stehen am Fenster, grölen und ich bemerke, dass etwas nicht stimmt, frage nach und in dem Moment lässt Luis den Kai los.«

»Ja, weil ich erschrocken bin«, verteidigte sich der Junge. Er sprach es nun aus: »Sie haben monatelang nix getan und jetzt kommen Sie plötzlich rein und schreien rum, deshalb sind wir alle erschrocken. Wir wussten doch gar nicht, dass Sie so reagieren können.«

Der Rektor riss entsetzt die Augen auf.

Frau Wiedemann begann zu zittern und versuchte, ruhig und flach zu atmen. Jetzt nur nicht losheulen. Das war das Einzige, was ihr durch den Kopf ging. Bitte nicht losheulen.

Herr Schneider bemerkte sofort, was los war und schickte sie in einem ruhigen, aber bestimmenden Tonfall aus dem Zimmer. Wie in Trance ging die Lehrerin in das Büro des Schulleiters, durch das kleinere Vorzimmer der Sekretärin.

»Ach, Frau Wiedemann, da sind Sie ja. Ich brauche Sie wegen des Unfallbogens. Und Sie möchten bitte augenblicklich die Mutter von Kai auf ihrem Handy zurück... Frau Wiedemann, hören Sie mir überhaupt zu?« Die Sekretärin sah sie an. »Was ist denn? Wollen Sie etwa gar nicht wissen, wie es dem Schüler geht? Seine Mutter ist vollkommen aufgelöst. Kann man ja auch verstehen bei dem, was passiert ist. Wenn sich das rumspricht, dass bei uns solche Dinge geschehen, dann haben wir weniger Anmeldungen im Sommer, da bin ich mir sicher. Frau Wiedemann?«

Christiane nahm die Stimme der Sekretärin nur noch dumpf, wie durch Watte wahr und flüchtete regelrecht in das Büro vom Chef. Ihre Atmung ging schneller und schneller. Ihr Herz raste. Sie versuchte, sich an einem Stuhl festzuhalten, doch der Boden unter ihren Füßen schwankte. In ihrem Kopf drehte sich alles und eine schreckliche Übelkeit überkam sie. Kalter Schweiß rann ihr über das Gesicht und den Körper, ihre Finger kribbelten, als ob ein ganzer Ameisenstaat sich dort niedergelassen hätte. Dann wurde es schwarz.

»Frau Wiedemann? Hallo Frau Wiedemann? Hören Sie

mich? Bitte ganz ruhig atmen. Sie sind in einem Rettungswagen. Frau Wiedemann? Alles ist gut, gleich geht es Ihnen besser.« Ein wohliges Gefühl durchströmte ihren Körper. Der Notarzt hatte ihr ein Beruhigungsmittel gespritzt.

»Wie geht es Ihnen heute, Frau Wiedemann?« Die Therapeutin saß in einem bequemen Sessel in einem sonnendurchfluteten, hell eingerichteten Zimmer mit Blick auf den Garten. Christiane saß ihr gegenüber und begann zu erzählen. Der letzte Satz der Therapeutin war immer der gleiche: »Was tun Sie sich heute noch Gutes?«

Lange, lange hatte sie keine Antwort darauf gehabt. Was kann ich mir Gutes tun? Ich habe versagt. Ich habe es nicht geschafft. Ich konnte meine eigenen Erwartungen an mich nicht erfüllen, habe alle Menschen um mich herum enttäuscht. Hinzu kam diese unglaubliche Leere und Kraftlosigkeit. Sie wollte nur schlafen, schlafen, schlafen. Und obwohl Christiane sich auf jede Stunde bei ihrer Therapeutin freute, begleitete sie immer diese stille Angst, niemals das berühmte Licht am Ende des Tunnels zu erblicken. Der Weg ist bekanntlich das Ziel, doch in welche Richtung ging es überhaupt?

Monate vergingen, bis sie zum ersten Mal morgens ohne die Angst vor dem Tag aufwachte. Ohne die Angst, nicht zu wissen, wie diese Leere auszuhalten war. »Ich schaffe das, aber ich nehme mir die Zeit, die ich benötige!« Diesen Satz schrieb sie auf einen kleinen Zettel, den sie stets bei sich trug. Ein Notfall-Satz, wenn sich die Schwermut über sie senkte. Sie bewegte sich viel und fand Gefallen an den Physiotherapiestunden, die ihr die Hausärztin verschrieb. Nach einigen Wochen konnte sie sogar wieder ohne Druck und schlechte Träume durchschlafen. Sie wurde stärker und zuversichtlicher. Nur ihren Weg sah sie noch nicht ganz klar vor sich. Um Zeit zum Ausprobieren zu gewinnen, nahm sie eine Stelle in der Erwachsenenbildung an, zunächst auf ein Jahr begrenzt. Es würden sich bestimmt Wege finden. Vielleicht sogar ganz naheliegende. Aber zunächst einmal freute sie sich über die neue Stelle. Und auf das Date, das sie mit dem sympathischen Physiotherapeuten hatte.

Nachts in der Bücherei

»Sag mal, wie dick bist du eigentlich? Du quetschst mich ganz ins Eck. Und außerdem, was hast du hier überhaupt zu suchen? Du stehst falsch«, meckerte der Reiseroman das große Lexikon der Allgemeinbildung an.

»Pah, nun machen Sie mal nicht auf dicke Lippe. Nur weil Sie schon rumgekommen sind, sehe ich noch lange keinen Grund, sich so aufzuplustern. Man hat mich falsch eingeordnet. Ich hätte auch lieber eine gebildetere Nachbarschaft.« Peng, das saß. Das Lexikon wusste um die Komplexe des Reiseromans gegenüber Sachbüchern.

»Hey, könnt ihr eure Streitereien nicht leiser austragen? Wir von der Familienromanabteilung müssen schlafen, morgen geht's nämlich wieder rund. Die Herbstferien beginnen, da werden wir ausgeliehen.«

»Herbstferien sind ebenso etwas für Reiseromane«, wandte derselbige ein, »wenn es nach mir ginge, dann ...«

»Dich fragt aber keiner«, ätzte der Jugendthriller, »hör auf, das is' cringe, lass uns einfach nur in Ruhe abhängen.«

»Was ist cringe? Sagt mein großer Bruder, der Problemjugendroman, nämlich immer«, fragte das neue Kinderbuch.

»Cringe heißt so etwas wie ›Fremdschämen‹«, meinte das Lexikon der Jugendsprache.

»Oh, ich höre hier noch Stimmen«, wisperte der Horrorthriller gerade laut genug, dass jeder ihn hören konnte. »Ihr könnt noch nicht schlafen? Da hätte ich eine schaurige Geschichte für euch, mit viel Psycho und so«, der Thriller lachte heiser vor sich hin. Das Vogelkundebuch bekam eine Gänsehaut, Sci-Fi kicherte erwartungsfroh.

Daraufhin gab es im Bereich der wissenschaftlichen Literatur energischen Widerspruch. »Es ist eine Unverschämtheit, wie heutzutage jedes Buch den Begriff der Psychologie verunstaltet. Schon alleine die Abkürzung ›psycho‹ wird unserer komplexen Disziplin nicht gerecht«, protestierte die Fachzeitschrift »Psychologie heute« nachdrücklich.

»Liebe, ihr braucht alle mehr Herz«, frohlockte der aktuelle Liebesromanbestseller dazwischen.

»Quatsch, Hass, der Mensch wird nur durch Hass angetrieben«, quengelte die Darkbookszene aus der hinteren Ecke heraus.

»Neihein«, flötete der Liebesroman, »das hättet ihr nur gerne. Guckt euch mal an, wer liest euch schon. Und wo steht ihr überhaupt? Im Eck dahinten. Ich stehe ganz vorne, im Licht. Weil ich beliebt bin. Und welches Wort steckt in beliebt? Genauhau – LIEBE.«

»Oooh, ihr geht einem alle so auf die Synapsen. Haltet endlich mal den Mund, ich kriege es mit den Nerven«, jammerte das Fachbuch für Neurologie.

In der historischen Abteilung stritten sich derweil die Biographien darum, wer der oder die Größte war. Aus den Regalen der Ratgeber kamen nun gute Tipps, wie man ein konstruktives Streitgespräch führen oder wie man besser einschlafen könne. Dazwischen wollten die Wörterbücher natürlich auch ihren Senf geben, aber keiner verstand sie. Dem »Librophon«, einer Kurzgeschichtenanthologie, das den Karrieresprung von einer ausgedienten Telefonzelle in die seriöse Bücherei geschafft hatte, kamen erste Zweifel. Da war es ja in der Zelle leiser und gesitteter zugegangen.

»Wenn jetzt hier nicht gleich Ruhe ist, passiert ein Mord«, schnauzte der Krimi alle an.

In diesem Moment ging die Tür auf. Es war der junge, gutaussehende Student, der als Nachtportier noch eine letzte Runde machte. »Man hört euch bis auf den Flur, es ist jeden Abend dasselbe. Ruhe jetzt, oder ich tausche euch alle gegen eure eigenen E-Books!«

»Gute Nacht, Hottie«, hauchte der schmeichelnde Mezzosopran vom Erotikthriller aus dem Bereich für die über 18-Jährigen.
Der junge Nachtportier rollte mit gespieltem Entsetzen seine Augen und freute sich schon auf das nächste Abendgespräch mit »seinen« Büchern.

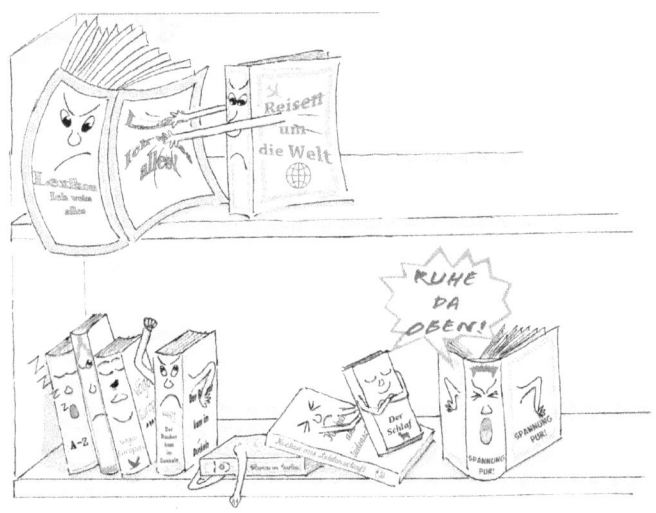

Danksagung

Ein Buch herauszubringen, mit dem eigenen Namen auf dem Cover, ist eine kreative, aufregende und arbeitsintensive Angelegenheit. Ohne Hilfe wäre es mir tatsächlich nicht möglich gewesen. Es war Sina Land, die mich vor einiger Zeit fragte, ob ich bei ihrem Projekt »Gambio – Der perfekte Tausch« mitschreiben will. Dieselbe Sina, die mich immer gefördert, gefordert und mir geholfen hat. Dafür danke ich ihr ganz besonders.

Einen Text zu schreiben, ist das Eine, ihn richtig gut zu schreiben, ist eine ganz andere Geschichte. Ohne das Lektorat und Korrektorat von Donata Schäfer hätte ich es wohl nie gewagt, meine Texte zu veröffentlichen.

Meine Idee war es von Anfang an, nicht nur Texte zu schreiben, sondern diese mit Illustrationen zu ergänzen. Vielen Dank hierfür an Henrike Stüssel.

Last but not least: Vielen Dank an meine Familie, insbesondere an meinen Mann und meinen Sohn Moritz.

Die Autorin

Anja Ziegler ist von Beruf Lehrerin. Um den Schülerinnen und Schülern im Deutschunterricht mehr Texte bieten zu können, schrieb sie manchmal einfach selbst welche.

Nachdem ihr jüngerer Sohn Maximilian sie quasi »genötigt« hatte, ihre Texte auch auf Instagram zu posten, kam der Stein mehr und mehr ins Rollen.

Erste Veröffentlichungen waren Kurzgeschichten in Anthologien.

Im August 2023 brachte sie, zusammen mit Sina Land, ihren ersten Roman »Tauschrausch« heraus. Die Anthologie »Dr. Gamber sucht die Liebe« ist ihr erstes Soloprojekt.

Anja Ziegler ist verheiratet, hat zwei erwachsene Söhne, drei Enkelkinder und lebt im Allgäu.

Weiteres Buch der Autorin

Was haben ein junger, verheißungsvoller Journalist, den alle nur den »Tschornalisten« nennen, und eine Societylady, die Charity-Veranstaltungen organisiert, gemeinsam? Mehr als man zunächst glaubt. Hans-Friedrich, der ehrgeizige Schreiberling einer angesehenen Münchner Zeitung, ahnt nicht, welch eine Lawine er mit einem einzigen Interview lostritt. Dabei hat er doch nur eine harm- und belanglose Dame aus der High Society zu dem befragt, was sie gerne tauschen würde. Eigentlich hat diese mit jenen veralteten Methoden nichts am Hut, dennoch ist ein Tausch für die beiden der Schlüssel zu einem Schritt in eine vollkommen neue Richtung. Doch nicht allen in ihrem Umfeld gefällt dieses Überholmanöver. Werden sie es schaffen, aus den Steinen, die ihnen in den Weg gelegt werden, ein neues Business aufzubauen?

GAMBIO – der perfekte Tausch

GAMBIO ist ein Projekt, bei dem zahlreiche Autor:innen aus unterschiedlichen Genres ein Buch zum Thema »Der perfekte Tausch« schreiben. Gemeinsam wird daraus in den kommenden Jahren eine Buch-Reihe mit einer Vielzahl an individuellen Geschichten aus vielen unterschiedlichen Genres. Dabei tauchen in den Büchern immer wieder Romanhelden aus anderen Geschichten der Reihe auf. Aufmerksame Leser entdecken die Figuren von diesem Roman auch in anderen Büchern dieser Reihe, zum Beispiel im »Librophon – Eine Telefonzelle voller Tauschgeschichten«, ein Gemeinschaftswerk von mehreren Autor:innen des GAMBIO-Teams.

Bereits erschienen

Brautkleid oder Zuckerwatte
Entwicklungsroman von Sina Land

Kater Levi – Der perfekte Tausch
Kinderbuch von Ingo M. Ebert

Tylda, die kleine Wasserhexe
Kinderbuch von Ricner Fock

Erbstreit zum Glück
Kurzgeschichte vom Team GAMBIO für die Anthologie vom »Der Club der Selfpublisher«

Stadt, Land, Glück
Wohlfühlroman von Gerd Schäfer und Sina Land

Frust oder Feuerwerk
Entwicklungsroman von Sina Land

Oma Käthe kann's nicht lassen
Das verrückte Testament
Familienroman von Jenny Barbara Altmann, Mia Lena Bestil, Ingo M. Ebert, Gerd Schäfer, Sina Land

Librophon
Eine Telefonzelle voller Tauschgeschichten
Ein Roman zusammengesetzt aus lauter Kurzgeschichten, die in einer Rahmengeschichte integriert wurden. Geschrieben vom gesamten GAMBIO-Team.

Tauschrausch – Tretmühle oder
Überholmanöver
Lifestyleroman von Anja Ziegler und Sina Land

Enya & Liam – Meine Seele für dein Leben
Fantasyroman von Jenny Barbara Altmann

Die Tauschgeschäfte des Benjamin von Glyk
Märchenadaptation von Susanne Eisele

Vinylschuppen – Ein Schallplattenladen voller Tauschgeschichten
Der zweite Band mit gemeinsamen Tauschgeschichten und einem Rahmenroman nach dem Librophon
Weitere Infos findet ihr auf: www.gambio-der-perfekte-tausch.jimdosite.com

Vorschau

Nicht mehr ohne dich – Rike und Finn
Liebsroman von Steffi Lofeldt

www.ingramcontent.com/pod-product-compliance
Ingram Content Group UK Ltd.
Pitfield, Milton Keynes, MK11 3LW, UK
UKHW041917240225
455493UK00013BB/380